清廉主题微小说大赛
获奖作品辑

风叶青葱亦自香

王纪峰 主编

山西出版传媒集团 北岳文艺出版社
·太原·

图书在版编目(CIP)数据

清廉主题微小说大赛获奖作品辑：风叶青葱亦自香 / 王纪峰主编. -- 太原：北岳文艺出版社, 2024.9.
ISBN 978-7-5378-6936-2

Ⅰ. I247.82

中国国家版本馆 CIP 数据核字第 2024XR3008 号

清廉主题微小说大赛获奖作品辑：
风叶青葱亦自香
FENGYE QINGCONG YI ZIXIANG

王纪峰 / 主编

//

出品人
郭文礼

选题策划
贾江涛

责任编辑
贾江涛　汪恒江

书籍设计
张永文

印装监制
郭　勇

出版发行：山西出版传媒集团・北岳文艺出版社
地址：山西省太原市并州南路 57 号　邮编：030012
电话：0351-5628696（发行部）　0351-5628688（总编室）
经销商：新华书店
印刷装订：山西基因包装印刷科技股份有限公司

开本：787mm×1092mm　1/16
字数：180 千字
印张：15.5
版次：2024 年 9 月第 1 版
印次：2024 年 9 月山西第 1 次印刷
书号：978-7-5378-6936-2
定价：56.00 元

本书版权为本社独家所有，未经本社同意不得转载、摘编或复制

目录

光·林

"嗯"局长 / 郭良正	003
捉妖记 / 韦如辉	006
敲边鼓 / 朱红娜	010
钓鱼三部曲 / 衡德宏	014
父亲的把戏 / 张爱国	020
豁嘴鱼 / 夏文兵	024
红枣莲子粥 / 王 峰	027
测 试 / 何良才	031
考 验 / 清 风	036
偏 方 / 赵香远	039
父亲不写"介绍信" / 黄翔玲	043
攀 比 / 刘杏芬	047
一盒月饼 / 苗桂芝	050
刘一手 / 诸葛保满	054

雨·荷

绊马索 / 姜　丽	061
保证书 / 童树梅	066
问　心 / 杨　越	070
家　底 / 徐国海	074
账　单 / 王剑利	079
瓶中鼠 / 王　荀	084
过敏症 / 何万洪	088
娘　音 / 王　鼎	091
风　水 / 张　迪	096
健　忘 / 高晋旭	100
陈栋的坚持 / 李祝英	105
花瓶里的硬币 / 臧世翱	111
洪水改道 / 张　伟	115

春·叶

戒　棍 / 顿先海	121
九个礼盒 / 秦加倪	124
半瓶名酒 / 何永志	129
向光而行 / 李　犁	132
鹦鹉的秘密 / 蔡晓洁	137
惯　例 / 杨　力	140
净　土 / 师郑娟	144
焐地瓜 / 魏传军	149
第三只手 / 杨自莹	153
世　故 / 徐树建	156
最好的收藏 / 宋炳成	161
一瓶水 / 梁柱生	164
榆木烟斗 / 王　琼	168
神　药 / 田　福	172

心·花

院长住院了 / 王玺清　　　　　179

惊堂木 / 夏照强　　　　　　　182

郑家一夜 / 陈浩龙　　　　　　186

一枚铜钱 / 韩铁照　　　　　　191

底　气 / 薛培政　　　　　　　196

局长身边有美女 / 张勤光　　　200

王老憨送礼 / 王亮智　　　　　204

举　报 / 陈永安　　　　　　　208

铁公鸡 / 王润东　　　　　　　211

初　心 / 樊　衍　　　　　　　214

正是河豚欲上时 / 李喜春　　　218

救　赎 / 赵光华　　　　　　　223

赎　罪 / 秦焕苗　　　　　　　227

瑞　雪 / 古　琴　　　　　　　232

朝牌饼 / 杜文虎　　　　　　　236

光·林

一场虫锈病,猥琐了一片绿
焦虑漫过日日夜夜
一条条虫子,在一棵棵树上游荡
摇晃着不洁的灵魂
吓坏枝头上鸟鸣的纯净

没等到过滤完这片绿海
时光却帮我整理好了
启程的行囊

——摘自王纪峰诗《走过一片林》

"嗯"局长

"嗯"局长本不姓"嗯",而是姓马。多年前,在单位人称小马,后来又有叫他大马的,再后来,渐次走上了领导岗位,出于尊重,大家改口称他为马科、马副局、马局。

马局原本是个快言快语的人,在领导岗位上经多年历练,他深悟言多必失的道理,现在沉默寡言了。如果不是开会讲话,想从他嘴里听到两个字以上的言语,还真不是一件容易的事儿。

汇报工作或者去找他办事儿的人,到他面前或站或坐,把所要说的事、所要讲的话,尽情地说,人家马局只是一个劲儿地"嗯、嗯"。待说完,人走时,打个招呼:您忙吧,我走了马局。

马局的回答,照样是:嗯。

跟马局接触最多的是办公室牛主任。牛主任来给马局汇报工作,得到回答照样是"嗯"。牛主任习以为常了,也不觉得"嗯"别扭了。而很少和马局接触的其他人员,被"嗯"一次两次的,心里着实不是滋味:这马局成天"嗯、嗯"的,架子不小,不就是个正科级嘛，有啥了不起的。要是到了正处、正厅位置上，说不定还金口难开呢。被马局"嗯"过的人，都有此同感。于是，大家不约而同地私下称马局为"嗯"局长了。

这天，牛主任来汇报工作，被"嗯"局长"嗯"了后，又拿出几份文件和上报材料，需要签字的地方，指给"嗯"局长看。"嗯"局长过目后，逐项签上大名，还忘不了一个劲儿地"嗯"着。

牛主任办完公务出门后，"嗯"局长站起来伸个懒腰，点一支烟，站在窗前，向外瞭望了起来。

这瞭望，既是解乏，也是在惋惜铁哥们县委朱副书记的调走。朱副书记的调走，此刻让"嗯"局长心空了一样难受。

还没难受完，电话铃响了。他转身走过来，拿起电话："嗯。"

电话里传来浑厚的男中音，语速缓慢。那边说着，这边"嗯"局长断续"嗯"着。总有十几分钟，通话才结束。

"嗯"局长放下话筒，端起水杯，猛喝了两口，好像是替对方的口干舌燥在喝水。然后他倚在大背靠椅上，眨巴着眼睛开始想心事。

没多时，电话又响。他拿起电话：嗯——嗯——嗯——

这部电话没"嗯"完，那部电话也响了。他拿起来又急促地"嗯、嗯、嗯"后，可能是对方先挂断，他这边也无奈地放下了。

"嗯"局长除了听来人汇报，就是接电话。来人面谈，在听到"嗯"局长"嗯"的同时，从他表情里能看出来得到的是肯定或是否定。而电话里他给的"嗯"，就不太容易理解了，只有通过标点符号的语气去细心揣摩了。

这天，除了上面的各种"嗯"外，他又在电话里，分别"嗯、嗯、嗯""嗯？嗯？嗯？""嗯！嗯！嗯！"了几次。

"嗯"局长的"嗯"，既是多年历练，也是迫不得已。为何如此说？因为"嗯"局长所在的局，是市里的重要机关，权力非常大。由此，想办事儿的、想提拔的，都得经他"嗯"准，才能办成。话说回来，"嗯"局长的"嗯"是白"嗯"的吗？肯定也不是。不过，从前所"嗯"来的进项，他都天衣无缝地处理好了。可是，最近"嗯"进来的六十万元，倒让他心事重重了起来。因为，这次"嗯"进来的现金，原想入他外甥公司股份四十万，给"她"二十万。这个"她"都知道是谁，不再细说了。可还没处理妥帖，钱就被老婆见到了。老婆说她娘家侄子出国急用，非要"借"走不可。这一弄，"嗯"局长的打算泡了汤。更让他难受的是，老婆第一次知道他有如此丰厚的额外收入。此乃大患也。

还有就是朱副书记的调走，让他没有了底气。他心里常埋怨：你是走啥呢，我的哥呀！

也不知"嗯"了多少人，也不知埋怨了多长时间，这就到了下班时间。牛主任叩了两下门。"嗯"局长说："好了，知道了，这就下班。"

"马局，恐怕还有事儿吧！"牛主任直接进来说，"纪委的车怎么这时候来了？"

"嗯"局长一听，警觉地"嗯？"了一声，破例说出了不是"嗯"的几个字："天呀，他们这时候来弄啥？你看看去！"然后，瘫软在沙发上。

作者简介

郭良正，笔名东壁逸人，河南巩义人。第二届全国"书香之家"入选家庭户主，河南省财政厅专家库评标专家，河南省巩义市作家协会秘书长，中国化工作家协会会员，鲁迅文学院高级函授班学员。

捉妖记

父亲退休，迷上了戏曲。这件事之于他以及我来说，也算是个好事情，毕竟他老有所乐，我也不用为他的精神空虚而担忧。

父亲为什么迷上了戏曲呢？我在心里问过自己多次，却没有找到一个可信的答案。父亲从部队转业回到家乡，在纪检战线上一干就是三十年。他一向以严肃面孔示人，怎么会迷上戏曲呢？每次想到这个无果而终的问题，我只能无奈地摇摇头，再辅以哑笑。

而父亲唱戏的消息，不断反馈到我这里，诸如老王进步很快、唱腔有板有眼、动作也灵活到位，等等。父亲演的什么角色，我倒没有细问。直到有一天，在梦蝶广场的早餐店吃早点，我听到关于父亲的消息。一个人说："那个叫王建国的老头钟馗演得不咋地，演小鬼的刘春花倒是有两把刷子。"另一个接着说："可不是吗，刘春花比那老头小二十多岁，那老头可没安什么好心哪！"两个人边嚼舌头，边吃饼喝汤。直到她们离开，我还愣在那里。她们说的就是我的父亲嘛！平时，父亲就在梦蝶广场的回廊里唱大戏。那天早晨阳光明媚，空气清新，我本来很好的心情被那两个中老年妇女的对话弄得乱糟糟。

有必要跟老父亲好好谈谈了！我想。此事，关乎对亡母的情感和本人的声誉。在这座美丽的小城，我是一家国有银行的副行长，也算是个有身份有地位的人。

还没来得及找父亲谈一谈，仁和路派出所的电话打来了："王副行长吗？麻烦来一趟，令尊大人出了点事。"

在询问室，父亲并没有卸妆。他的扮相奇丑无比，貌似画像中的钟馗。一把喷有金粉的木质宝剑，躺在他的脚下，金光闪闪。

事情是这样的。

梦蝶广场的纵深处，有一个人工湖，名曰梦蝶湖。湖边的小树林，是一个幽会的好去处。彼时正在化妆的父亲，突然发现一对男女勾肩搭背，正向小树林靠近。他手提宝剑，随即尾随过去，待他们正欲亲热时，大喝一声："妖怪，吃老夫一剑！"便向男的后背戳去。虽没伤及皮肉，衣服倒是没法再穿了。

我把凌厉的目光从父亲身上移开，连忙向在场的那对男女说"对不起"，一切损失都由我来承担。此时我发现那个男的竟然跟我如此相像，酷似一对同胞兄弟。父亲叹了一口气，慢慢地说："问题就出在这里，我看走了眼。"

回到家，父亲挺直身子，仰靠在沙发上，一副如释重负的样子。我和父亲开启了郑重谈话的模式。

父亲捋了捋一头的灰白头发，说："以为你小子搞婚外情哩。"

"你真老糊涂啊！你儿子是那样的人吗？"我着实有点来气，反问败下阵来的父亲。其实，我心里也咯噔了好几下。难道父亲真的猜到我有这样的苗头了？他老人家演钟馗，难道练就了先知先觉的本领？第二天，我悄悄告诉妍妍，我们不合适，我是个有家室的人。这是后话。

自然我也问了父亲关于"小鬼"的事，他几乎笑歪了嘴，说人家是个真正的戏精，自己拜人家为师，是要学演钟馗的，觉得当了三十年的"钟馗"，这个角色应该好演，没想到戏里戏外不是一回事。

我说："老人家，你好好的就好，别给我捅娄子就行。"

父亲瞪起了眼，丢下一句硬邦邦的话："这话该我说给你听！"便摔门而出，还从鼻孔里蹿出来两个"哼"字。

难得休息日，我在家里泡了壶龙井，准备过一个轻松愉悦的周末。

门铃连响了三声，以为是父亲忘了带钥匙，打开门，挤进来的却是个企业老板。老板我认识，还很熟，最近经营上出了问题，有一笔贷款迟迟没有批下来。

谈话间，可能是趁我倒茶的时候，老板将一张银行卡塞进了沙发缝里。

没一会儿，父亲气喘吁吁地开门回来了。他一身钟馗的披挂，怒目圆睁，须发竖直，手执宝剑，大喝一声："妖怪！哪里跑？"

我急忙上前阻拦，嘴里连说："他不是妖怪！"

父亲剑锋一转，直抵我的额头，愤怒吼道：他不是妖怪是什么？难道……你也是个妖怪？父亲双目圆睁，须发颤抖，口中"呀呀"有声。

我怎么是妖怪呢？分明是你的儿子，一个银行的副行长，到年底，那个"副"字就要去掉了呀！

自然都没趣，老板在"钟馗"余怒未消的宝剑下溜之大吉。

这里需要重点交代一下，父亲手机里安装有家里的监控软件，可以进行实时监控。

春节前夕，父亲单位组织了一场老干部迎春晚会，父亲的《捉妖记》作为保留节目，赢得了阵阵掌声。

我放大了父亲演出的剧照，安放在办公室案头。到办公室谈业务的人都说，这不是传说中的钟馗吗？

不是不是，他是我的老父亲！我摆手再摆手，连声回答。

作者简介

韦如辉，安徽省蒙城县人，中国作家协会会员，安徽省作家协会理事。作品在《小说选刊》等报刊发表，入选年度选本百余篇，多次获全国小小说大赛奖项。五十多篇作品入选中、高考语文测试卷或改编为微电影。作品被翻译为德、英、日文等。出版作品集七部九版。

敲边鼓

有一件事让许局长非常纠结。局里要提拔一位副职,有三个人选:办公室刘主任,人事科陈科长,财务科李科长。刘主任资格最老,已为三任局长做过办公室主任,能力很强,处理各种事务早已得心应手,做个副职绰绰有余。陈科长学历高,见识广,年轻有为,做个副职理所应当。李科长勤勤恳恳,任劳任怨,严谨负责,做个副职天经地义。手心手背都是肉,名额只有一个,究竟推荐谁呢?许局长一时还真不好确定。

近日,许局长喜得孙子,心花怒放,走路带着节奏,见人点头微笑,一改严肃刻板的表情,简直像换了一个人。

都说人生有三大喜:洞房花烛夜,金榜题名时,他乡遇故知。要许局长说,现在加一喜,中年喜抱孙。按说,做爷爷奶奶是人生的一个阶段,自然而然。但现如今,年轻人都晚婚晚育,一边是父母急得像热锅上的蚂蚁,到处托人做媒,甚至亲自去公园相亲角;一边是子女除了工作就宅在家里不出门,不相亲不谈恋爱，乐得自由自在。许局长早催晚催，终于催得儿子在三十岁结了婚，催得孙子姗姗降临，许局长当然开心得嘴巴合不拢。

许局长灵光一闪：我设个酒局，看看三人的反应。

一上班，许局长就叫来刘主任，把孙子的照片从手机里翻出来：来来来，让你看看我的小孙子，像不像我？

刘主任看得眉开眼笑，好像自己做了爷爷一样：像，像，像，太像了！像局长一样富贵相，将来一定跟局长一样，大有作为。

许局长听得哈哈大笑。

许局长又叫来陈科长，把孙子的照片从手机里翻出来：来来来，让你看看我的小孙子，像不像我？

像，像，像。陈科长也看得眉开眼笑：恭喜局长，添丁添福。

许局长又是哈哈大笑。

许局长也叫来李科长，把孙子的照片从手机里翻出来：来来来，让你看看我的小孙子，像不像我？

李科长凑近手机，认真看了看，微笑着说：这么小，还真看不出来像不像您。

许局长没有哈哈大笑，而是一脸严肃表情。

"好不容易抱了个孙子，我想摆几桌满月酒，庆贺一下……"

三人都心知肚明，许局长在这提拔用人的节骨眼上，专门让他们看孙子的照片，提为孙子摆酒的事，一定是在敲边鼓，用意不言而喻。

首先反应的是刘主任，他已经被提名过两次，不知是什么原因，每次都成了陪选。这次是最后一次机会了，过了这个村再没这个店了。刘主任志在必得，暗下决心，一定要把握这次机会。他与老婆密谋了一番，订购了一个价值不菲的礼物，去了许局长家里，美其名曰看看他的小孙子。

陈科长是个高智商高情商的人，局长摆酒明显是个暗示，虽然反腐倡廉抓得紧，但人都是吃五谷杂粮的，偶尔背地里嘴馋一下谁都免不了，在这关键时刻，可不能因小失大输给他们。他不会贸然去局长家里，他给局长打了个电话，说满月酒的事一切包在他身上，局长只管报上人数便可。

李科长的想法却与他们大相径庭，他认为局长一定是被孙子冲晕了头脑，聪明一世的局长突然变得糊涂了，在大抓廉政建设的今天，许局长的这种暗示是危险信号，必须给他敲敲边鼓，提醒他一下。

一个月后，组织部来人考察人选，许局长推荐了李科长。

组织部的人问：能说说理由吗？

许局长从抽屉里拿出两块香皂说："这是李科长送我的礼物。"

哦，有意思。组织部的人第一次看到这样的礼物：就是普普通通的香皂，比巴掌还小。他们说，真是开眼界了。

许局长向组织部的人和盘托出事情经过，当然，满月酒没有摆，刘主任送的长命锁金镯子他也没有收，而李科长的两块香皂直接送到他办公室，他收下了。

李科长是用心良苦啊，希望你干干净净做事，清清白白做人。组织部的人感叹。

许局长点头，这样的干部提起来让人放心。

组织部的人走的时候，带走了那两块香皂。他们说，这是一部很好的教材，要把两块香皂的故事宣传开来。

作者简介

朱红娜，广东省梅州市人，中国作家协会会员，在《小说选刊》《小说月刊》《小小说选刊》《微型小说选刊》《青岛文学》等报刊发表作品二百多篇。2014年、2015连续两年作品入围中国小小说排行榜。获得各类小小说大赛奖项四十多个。出版小说集《没胆人》《归去来兮》。

钓鱼三部曲

近日镇政府做出一项重要规划：对全镇境内大小河道清淤改造。此消息一出，无疑如扔下一颗重磅炸弹，大大小小的老板立即行动起来，谁不想吃到这块巨大的蛋糕？一时间八仙过海，各显神通，平静的水面下暗流涌动。

陈永兴是全镇一位举足轻重的人物，据说全镇几近一半的工程是他开发的。有人问他是怎么弄到这么多工程的，陈永兴一笑，说："我是打鱼人家出身，从小跟着大人捕鱼，各种各样的淡水鱼中，鳝鱼特值钱，所以我对捉鳝鱼最感兴趣，从这点也可以证明我打小就有超人一等的商业意识，哈哈。时间一长我掌握了鳝鱼的特性，成为捉鳝鱼高手，全村就没有人能赶得上我。从事建筑行业后我把捉鳝鱼妙招用在'捉人'上，几乎百试百灵。具体说来我总结出捉鳝鱼三部曲，分别是钓鳝鱼、堵鳝鱼、求龙王。事实证明，人，即使是再厉害的人，也跟鳝鱼一样。"

现在听说全镇河道清淤改造升级，陈永兴立即行动起来，首先使出第一招：钓鳝鱼。

钓鳝鱼特简单：先瞅准鳝鱼洞，定位好要捉的鳝鱼，然后在鳝鱼钩上串上蚯蚓，伸进洞口。鳝鱼哪有不吃蚯蚓的，当即狠狠一口咬住，钓鳝人迅速一提钩，鳝鱼钩死死刺进鳝鱼下唇软骨，拖出洞，完事。

负责这项工程的副镇长汪海涛无疑就是条待钓的大鳝鱼。陈永兴和汪海涛早就认识，不过平时没有深交。古话早有良训，说"平时不烧香，临时抱佛脚"，陈永兴对此当然很有心得，平时一直留心结交各路神仙，为此钱没少花、路没少铺，可是这汪海涛怪了，就像是个煮不烂、蒸不熟、锤不扁的铜豌豆，总是独来独往、不冷不热，刻意与众人保持距离。陈永兴心说狗坐轿子不识抬举，你不过是个副职，拽什么拽？这么着，平时也就没有在他身上下大力气深耕，不想现在求着他了。

不过即使是临时抱佛脚也不会误事，钱是火，只要钱到位，再冷的冰也会眨眼间融化的。

陈永兴当即赔着小心约汪海涛喝茶，回复他的是四个字"谢谢，没空"；陈永兴又约汪海涛吃饭，回复依旧。陈永兴毫不气馁，如果遇到这样小小的冷遇就打退堂鼓，那还是他陈永兴吗？

陈永兴决定单刀直入，串上"蚯蚓"直奔"鳝鱼洞"——汪海涛的家。对陈永兴来说，想探听到汪海涛家在哪儿，举手之劳，他和他团队的情报工作相当到位。

有理不打笑面人，汪海涛见陈永兴深夜来访，不能不让人家进门。在书房不咸不淡闲扯几句后陈永兴"放出蚯蚓"——一皮箱现金。同时，陈永兴还相当诚恳地放出话："如果让我中标，汪镇长，事后我还会给你这个点，不，不是事后，是只要中标，即使工程还没开始，我就兑现返点。"

陈永兴说着竖起胖胖的像香肠一样的手指头晃了晃，那是一个令人心动的数字，没有"鳝鱼"能抵抗得了的。

可是，江海涛面无表情，说："陈大老板，你刚才的话我只当没听见，在此我表个态，欢迎你参加招投标。我保证一点：本项目的一应工作一定公开、公平、公正。夜深了，不留你了，东西万请带回！"

陈永兴碰了一鼻子灰。

在回家的路上陈永兴一直板着个脸，把汪海涛的话一个字一个字地回放，希望从中得到暗示啥的。以前也遇到过这种情况：送出礼后，对方却阴阳怪气地说些云遮雾绕的话，实则是嫌礼轻、嫌返点小。现在左回味右咂摸，却发现不了半丝话里话。

看样子这条"鳝鱼"有点死脑筋，得使出第二招了：堵鳝鱼。

所谓堵鳝鱼，是在捉鳝鱼时，有的鳝鱼或是吃饱了，或是惊着了，怎么也不肯咬钩。这时陈永兴就使出绝活：堵鳝鱼。鳝鱼藏身的洞有两个口：出洞口和入洞口。陈永兴瞅准两个洞口，这只手伸进一个洞口，使劲往里掏，同时发出巨大声响。不一会儿受到惊吓的鳝鱼就会从另一个洞口钻出，哪知陈永兴另一只手早就候着它，一把轻松拿捏。

当务之急是找到汪海涛的"洞"，这"洞"用在鳝鱼身上是藏身之洞，用在人身上则叫"漏洞"。

是人就会有漏洞的。陈永兴坚信这一点。

陈永兴和他手下团队再次展开情报搜集工作，主要调查两方面：财务状况、私生活状况。只要这两方面有漏洞，立即围堵，让汪海涛像受了惊吓的鳝鱼一样慌不择路，最终乖乖就范。

汪海涛是外地人，但侦查到他的信息并不是难事。可是，一番深入细致的调查过后陈永兴大吃一惊：无论是财务方面还是私生活方面，汪海涛毫无漏洞！他平时不与有钱人来往，也不看重物质生活，没有巨额财产，与妻子感情深厚、相濡以沫，从未有过桃色新闻。

小鬼从来怕钟馗，陈永兴吃惊过后是佩服，佩服过后是害怕。世上这样的人多了，哪还有自个儿的活路？

可是，尽管如此，还是不能放弃，在本镇就没有我陈永兴办不成的事。

这回必须使出捉鳝鱼的第三招了：求龙王。

陈永兴打小生活在渔村，祖祖辈辈打鱼，对船上人家的一套习俗了如指掌。船上人家风里来浪里去，甭说吃饭，连性命都得看老天爷脸色，所以年深日久船上人家特迷信，最信龙王。当捕不到鱼时、当风浪特大时，船上人家就会到庙里献上祭品，求龙王保佑安全、赏些鱼虾。

现在陈永兴决定使出这一招，这龙王当然不是神话中的龙王，而是汪海涛的上级，就像龙王是鱼虾的上级。

第三种手段一般来说不用，因为要多开销，就像求龙王时渔民要献祭品一样，求现实中的"龙王"也要献祭品。

但现在不得不用了。

陈永兴使出全身解数，终于得见汪海涛的上级。一番客客气气、虚虚实实、你来我往、讨价还价后，对方同意"想办法"。

不出所料，只过了几天汪海涛就从未有过地主动打来电话："陈大老板，明天有空吗？有空的话一起到我老家去一趟。你都搬出我领导了，看样子我再死板是不行了。"

陈永兴大喜，"龙王"施加过压力了，汪海涛都喊自个儿到他老家了。这是要私谈秘事啊。

第二天两人见了面，同乘一辆车，陈永兴亲自开车，没有第三人，直奔汪海涛的老家而去。

在一条波浪翻滚的大河边两人下了车，汪海涛站在河边，一边贪婪地呼吸着新鲜空气，一边做着扩胸运动，深情地说："这是生我养我的家乡。还是家乡的空气好啊！"

他转过脸对陈永兴说："我相信任何一个人都对自己的家乡怀有深厚感情，我也是，我做梦都想着为家乡增光添彩。可我知道我能力有限，并不能为家乡的发展出多大力，但有一点我是坚定不移的：虽不能增光添彩，但绝不给她抹黑！"

陈永兴脸通红，支支吾吾地说不出话。汪海涛又说："陈大老板，你打小捕鱼，尤其爱捉鳝鱼，由此总结出捉鳝鱼三部曲，无往而不胜，那我该怎么办呢？巧了，我也是打鱼人家出身，跟你不同的是，我家祖祖辈辈是用的鱼鹰捕鱼。跟你相同的是，我也由此总结出鱼鹰捕鱼的规律，而此规律正好可以用来对付你的三部曲。这就叫你有张良计，我有过墙梯；你虽花样百出，我只坚守初心。看，那是我爸！"

陈永兴抬头一看，只见大河之中有一条小船上下颠簸，船头稳稳站着一位须发皆白的老人，老人正放着鱼鹰。看得出老人年纪虽然大了，但身体很健康。他的鱼鹰也很出色，不一会儿就叼着鱼跃出水面。老人抓过鱼鹰,让它把嘴里叼着的鱼吐进船里,再让它下河捕鱼。

汪海涛高声说:"你看鱼鹰,它捕到鱼后必须把嘴里的鱼吐出,因为那鱼不是它的。如果不吐出,就会噎死,因为它脖子上系着一条细细的、坚韧的尼龙线。这条线是良心之线,是纪律之线,是法律之线,是高压线,任何人碰不得!这就是我总结出的鱼鹰捕鱼规律。"

陈永兴额头汗如雨下,偷眼看去,只见汪海涛一脸刚毅,令人望而生畏。

作者简介

衡德宏,江苏省宝应县人。

父亲的把戏

劲松刚提起包要出去,手机响了,接通,对方说声"你不要来了"就挂掉。劲松颓然坐下,翻开手机,也没有感兴趣的,却看到不久前安装的监控软件,于是点开。只见老家的院子里,天阴沉沉的,风不小,有呼呼声传出手机,屋门开着。大不在家里吗?这么冷的天,如在家里是要关上门的。

劲松调了摄像头的角度,发现大坐在院子的西南角,右手臂在上下左右地挥动着。劲松拉近镜头,看上半天,笑了。大在逗猫玩。

大把钢笔粗的树枝锯成一截截一尺左右长的木棍,插在土里,围了一个圆桌大的栅栏,那只猫站在上面。大手里还拿着一截小木棍,向猫挥着,嘴里也说着话,但被风声盖住了。大每挥一次小木棍,猫就颤巍巍地走一两步,停下来,看着大叫。大在训练猫玩把戏?劲松小时候看过狗熊玩这种把戏,还真没看过猫玩。

劲松对着手机喊一声"大",想说天冷,回家去,但大的听力这两年减退得快,根本听不见。劲松突然鼻子有些酸,这些年里,大一个人在老家,叫他跟自己到县城住,他不干,说自己在老家有着做不完的事,一点儿不着急。劲松相信这一点,砍柴、打鱼、种菜,捯饬三间房子和院子,大确实没有闲时间。但什么事都有不想做、不能做的时候,就像现在,大无聊了,只能和这只猫玩。

劲松庆幸装了这个监控,本是想随时能知道大的身体状况,哪知装后就忘了,好在今天无意间发现了大的心理状态。劲松想回去把大接来,但最近——太关键了,不能走。

半个月后,劲松终于办好自己的事,回到乡下。大很高兴,拉开车门:"我正要给你打电话,你就自己回来了。"劲松暗自高兴,大这是真着急了,这下会跟自己走的。

大没有像往常那样忙着烧饭做菜,而是拉着劲松乐呵呵地说:"让你看个好东西。"大手里捏着的小木棍都被磨得光滑了。"小灰,过来。"大喊那只猫,抑制不住内心的急切。

"大,让我看你玩的把戏吧?"劲松看向院角处的那圈栅栏。

"你知道了?你怎么知道的?"

"喏。"劲松向屋檐下的摄像头努努嘴。

"你都看到了?"大似是有把戏被人戳穿的感觉,有些泄气。

"没、没,只看过一次,一分钟不到。"劲松不想破坏大的兴致。

猫跑来。大将小木棍向栅栏一挥:"好好玩,有鱼吃。"猫"喵"一声,跳上栅栏,看向大。"走——"大将小木棍挥出一个圆形。猫看着脚下,慢慢走起来。

"快走。"大挥着木棍又说。猫紧盯着脚下的木棍,脚步随着大挥动的小木棍越来越快。劲松配合着大，夸张地笑着。

"停！"大收起小木棍，"很好。待会儿吃鱼。"大用小木棍轻轻敲了敲猫的头，从口袋里掏出一个方便袋，拿出一条小干鱼，丢进栅栏里。猫高兴地叫一声，就要跳下去。"不行，再走三圈。"大又挥起小木棍。猫听话地走起来，但眼睛却不时地看向下面的小干鱼。

"好好走，看脚下。"大说。猫就看脚下，但才走出几步，又不由得看向小干鱼。如此几次，它终于一脚踩空，摔了下来。

"今天的鱼，没了。回去。"大捡起小干鱼装回袋子里。猫叫几声，似是抗议，但还是乖乖地走进屋里。

劲松眉头一拧，想说话，又没有说。

一会儿，大烧好两个菜，端上桌，还拿来两只酒杯，坐下。劲松在大的对面坐下："大，酒呢？"

"今天喝你的。"大向劲松停在门外的车努努嘴。

"我没……"劲松连忙一笑，似是试探，"我的酒，你也喝了？"大不说话。

劲松出去，从后备厢拎来两瓶酒，刚要打开，大说："就这个？"劲松愣了愣，放下酒。

"好酒舍不得给我喝？"

"大，咱爷俩，有啥话，就说吧。"

"去，把你最好的酒拿来。"大盯着劲松。

劲松站着不动。

"不敢拿吧？"

劲松坐下。

"猫做不到,一条小干鱼就让它做不到,摔下来。人不是猫,人比猫还不如。"大弯腰从桌下拿出一大塑料壶酒,给自己倒上,又给劲松倒上,"你啊,现在是当局长的人了……"

"大,别说了,喝酒。"劲松捧杯向大,"咕咚"一口,直呛得眼泪直流。

作者简介

　　张爱国,安徽省潜山市人,中短篇小说发表于《小说选刊》《北京文学》等,百余篇作品入选各类年选和年度排行榜,五十多篇入选中高考语文试题(含模拟试题),有作品被改编为微电影或翻译成日文,已出版作品集八部。

豁嘴鱼

接到老爹进城看他的电话，郑清连忙将手上的工作抓紧做完，晚上要早点回家，他想好好陪老爹喝两杯，他也挺想他了。

两个月前，郑清被任命为局长，整日忙于工作交接，事情特多。一转眼，已经两个多月没有回去看二老了。他们也打来过几次电话，郑清不是在下属单位考察，就是在会议中，匆匆聊上几句就挂了。老爹和娘退休后图清静住在乡下老宅。以前，郑清周末经常回去看望二老。这次这么久没回去，估计老两口真想他了，特地派老爹进城看他。

郑清一进家门，老爹眯着眼笑着上下不停地打量他，又神神秘秘地拿出自己带来的一只红色塑料桶，小心地打开上面的盖子。郑清一看，只见桶内装着一条还在游动的鱼。

"爸，你咋大老远带条活鱼来呀？城里啥鱼都有，野生的也有，您这是何苦呢？"郑清不解地问。

"这鱼不一样，我捞给你瞧瞧。"老爹说着从桶里抓起鱼，捧着给郑清看。郑清见鱼嘴边有个小孔,应该是鱼钩钩的。他立刻明白了,笑着问:"这条鱼是您钓的?您老爱上钓鱼了呀!喜欢钓鱼好,钓鱼是一个不错的爱好。明天我给您去买一套好点的渔具。"

"对,这条鱼是我钓的。你呀,还是跟小时候一样,不细心,你再仔细瞧瞧。"老爹有点不悦地说。

郑清忙靠近看了看,发现鱼嘴上除有小孔,嘴唇上还有一条撕裂的豁口。他小心地问:"爸,您是让我看,这条鱼是豁嘴鱼吗?"

"对了。"老爹这才满意地笑了,"你知道它为什么会豁嘴吗?"

"爸,您这个问题太深奥了,我还真不知道。"郑清说完看着老爹。老爹见郑清回答不上来有点小激动。

在老爹面前,郑清有时喜欢揣着明白装糊涂,他喜欢看老爹给他讲他不明白的事情时高兴的样子。老小孩嘛。郑清明白有时候哄老人开心,就要故意装点傻。每到这时,老爹就会点上一支烟,慢慢讲起来。郑清仿佛又回到儿时,认真地聆听着。

老爹点上烟,先吸了一口,才慢慢说:"我认为呀,这条鱼以前被人钓起过,这个豁口是取鱼钩或者它挣脱鱼钩时撕开的,你瞧瞧。"老爹用手指着豁口说,"这条鱼上次能躲过一劫有两种可能:一是当时还小,钓鱼的人钓上来一看嫌小,又把它放了,取钩时嘴被撕破了。还有一种可能是它自己挣脱鱼钩撕裂了嘴,逃了。经历过一次死里逃生,它如果不生贪念,水中的食物虽说不丰富,但也足以让它饱腹,苟全性命。倘若它从那以后就无欲无求,心若止水,只要不被罾网网住或电船打晕,一定能寿终正寝,归葬东海。昨天我撒下饵料时,它闻着悠悠飘来的饵香,再看着同伴们争抢着大口分食饵料,又把持不住自己了。它侥幸以为上次被钓是一时大意,这次只要小心谨慎,应该没有问题。于是,它也跟我玩起了心机。小心地靠近鱼饵,先用唇碰,再用舌舔。见鱼饵没动,又小心地用嘴吞了又吐,吐了又吞,就是不急于吞下。我看到浮标在水面不停沉浮,就知道遇到老手了。可当饵料的美味在它口中慢慢溶化,它立刻被这比水草鲜美百倍的美味迷惑了,开始贪婪起来,也忘乎所以地大口吞噬起来。就这么一次,一下子就被我钓了上来。这就叫香饵之中多机关,贪心处处有风险呀!贪念害了它,同样贪念也会害很多人。"老爹说完,意味深长地看着郑清。

郑清心中一颤。那一刻,他如化石一般愣在那儿。他终于明白老爹大老远送豁嘴鱼来的目的。即使没有钓到这条豁嘴鱼,老爹也会想出其他的办法来鞭策他。他连忙说:"爸,您的心思我明白。您和妈放心,儿子不会给你们丢脸的。"

"那就好。儿呀,小时候,我们希望你好好学习,将来能出人头地。现在你有出息了,当局长了。我和你妈心里反而不踏实了,现在就希望你能抵制住各种诱惑,平平安安的。爸给你杀鱼,咱爷俩好好喝一盅。"老爹说完伸手准备捞鱼。

"爸,这条鱼就不杀了,我找个鱼缸养着。"

"好!养着,养着。"老爹开心地笑了,脸上的皱纹在灯光下如一朵盛开的金菊。

作者简介

夏文兵,江苏省宝应县人,中国微型小说学会会员,作品散见于《微型小说月报》《天池小小说》《金山》《中国应急管理报》《河南工人日报》等。作品偶有获奖。多篇入选各类试题。

红枣莲子粥

他进门的时候,妈在院中那棵枣树下站着,夕阳的余晖穿过树的枝叶和一串串的枣,安恬地洒到妈的身上,妈清瘦的腰身就更加轮廓分明。看见他急匆匆的样子,妈说:"你看你,进自家的门慌什么?"

"妈,你一天两个电话让我晚上回来,我能不急……有事?"他抹抹额头的汗。

妈耷了眼皮:"这是啥话,妈打电话就得有事?妈就不能和你吃顿饭?"

他听出了妈的不高兴,心中隐隐愧疚。他已经很长时间没回来陪妈吃饭了,可这有什么办法,是妈非要在乡下老家躲清静不行。

妈离城回乡下时,他坚决反对,用央求的口吻不行,就用了激烈的方式,他用尽了一切办法,最终没留住妈。妈对他说:"城里太吵,住不惯。再说,你也有累的时候,你要是想清静一会儿,不来乡下还能去哪里?"

他笑着摇摇头。清静？唉，怎么能清静下来呢！

可此时确是很清静，没有舞龙一样的灯火，没有灼眼的霓虹，没有吵架一样的车流声……只有归巢的鸽子在屋顶上飘来飘去，像滚动的轻雾。

他深深吸了口气。

妈从屋里端出一个盆，里面游着一条大鱼。妈对他说："这是村边河里的鱼，真正的野生鱼，我看着他们钓上来的，你从小爱吃鱼……妈眼花，这鱼，得你收拾。"

他手心里沁出了细微的汗："今晚……哎呀……"

妈说："呆啥？干活呀，你小的时候，每逢吃鱼都抢着拾掇，妈知道你那是馋着要早些吃上，你现在不馋了？"

他便挽起袖子蹲在地上。那鱼，真是一条好鱼，青黑的脊背，玉白的肚皮，利刃似的鳍……他手向盆里伸，肚子上的肉嘟噜在胸和腿之间，挤压得他胳膊变了形，整个胸间也憋胀得难受。他不得不停下手，伸长脖子舒气。

"这条鱼呀，可是让那几个钓鱼人费了心机，他们从多日前就打窝……哦，就是把粮食用酒泡了，撒到一处不深不浅的水里，鱼吃得顺了嘴，成了鱼窝子，这时候才下钩，一钓一个准。"妈说话有点絮叨。他想："妈真是老了，一个曾经端庄优雅的小学校长，竟然去研究钓鱼，说话也啰唆了。"

他一时喘不匀气，便用一根手指头拨弄那鱼，他想让鱼游累了再动手，那样就省劲多了。

妈又说："这条鱼呀，是小河里最精壮的一个，多次逃脱了钓鱼人的算计，后来，他们专门用了锚鱼器。锚鱼器你肯定不懂，就是带显示器的那种钓具，鱼在哪里玩，吃啥样的食，钓鱼人一目了然……它最终还是被钓上来了。"

他说："呀，还有这样钓鱼的，以后吃鱼可方便了。"

妈说："方便了……妈就跟你舅学了做鱼的厨艺，却始终没派上过用场。这次，妈露一手，做一桌保你没吃过的鱼宴。"

他暗笑了笑，自己……嘿，啥样的鱼没吃过？他只要想吃，餐桌上就会飘满江河湖海的味道……他又想到了晚上的事。

他抬头看看天色，银河已经在朦胧中现身，遥远幽深的天宇间泛起了点点清澈的光。时间不早了。

他吞吞吐吐说："妈，今晚……"

妈没看他，兀自在那里说："唉，其实呀，妈最拿手的饭是红枣莲子粥。红枣，补中益气，养血安神；莲子呢，清火败毒，滋养心脾，再加小米、大米，增加粗纤维，既能补又能泻……啧，那才是好饭。"

妈说到这里，将目光停在了枣树上。正是枣熟的季节，圆胖的红枣挂满了树枝，香甜的气息幽幽地散发出来，浸透了干净的小院。他禁不住细瞅那些枣，忽地，他发现枣树下有一盆莹白的珠粒。

他自语道："莲子也到收获季节了……"

"今晚，妈给你做一鱼三吃，你安心地吃。也许，妈这厨艺，也就只用这一次。"妈说话时手里忙着活，头没有抬。

他突然感觉妈说话的语调里含了什么，一顿，他惶然道："妈？"

妈深深叹口气，说："这鱼，上午还好好的，小河里最美的浪花，都是它翻起来的……我是用水盆把它捧回家的。"

他听了妈说话，不由得去看盆里的鱼，见那条鱼浑身上下除了嘴上的钩伤，没有任何破损，盆里的水很宽，鱼游得还算自在，只在他的手伸向盆里时，那鱼才惊慌地打个激灵。

他的心一沉。

妈拉亮了院里的灯，说："你快把鱼收拾了，一会儿，咱们就在枣树下吃饭，枣的香甜能醒脑，能去滞，枣香里也有我们的往事……你舅脑子里咋就没了往事呢？自从他退休后进了一家公司做顾问，就开始摆谱，昨天来家吃饭时，他竟然说我守着枣树吃饭的乡下习惯有失你的体面。"

他疑惑地问："我舅，做顾问？"

"是啊，你说他一个厨师，除了知道大家爱吃什么——哦，也知道你爱吃什么，还能顾问个啥？尽管这样，他天天忙得团团转，他说今天晚上公司去一个重要人物，他要亲手做一桌全鱼宴——妈就想起来，很久没给你做鱼吃了。"妈轻言轻语，字句像溪水，一滴一滴淌到了他心里。

有电话打进来，一个谨慎的声音说："县长……"

他说："今晚……以后，这样的饭局一律不再参加。"

放下电话，他偎在妈身边，说："妈，我想吃红枣莲子粥，您亲手做的，清火败毒、滋养心脾……这鱼，还让它回河里去。"

作者简介

王峰，河北衡水人，河北省作家协会会员。在《小说月刊》《小小说月刊》《天池》《金山》《河北日报》《衡水日报》等多家报刊发表作品。

测　试

　　陶爹这天突然跟老伴说，想到儿子建钢屋里去住一段时间。

　　老伴盯着陶爹看半天，说："真是怪事，以前他们要接你去你死活不去，这回是不是建钢当了县长，就想去了？"

　　陶爹眼睛一瞪："妇人之见！"

　　"少跟我耍派头！"老伴不乐意听这话，"你不就是当了一辈子村支书吗？那这个家靠谁操持的？建钢、建莲两兄妹从小到大你管过没有？我……"

　　"又来了！"陶爹知道老伴一念叨起这些就没个完，忙打断了老伴的话，"赶紧给建钢打电话吧！"

　　老伴晓得拗不过老头，只得给建钢打电话。

　　建钢很高兴爸妈主动提出跟他们去住，立马在网上给爸妈买好了第二天去县里的车票。

　　陶爹问老伴："不派车来接？"

　　"过分了啊！儿子当了县长，你的屁股也跟着金贵了？"

陶爹没再作声。

第二天上午，老两口顺顺当当到了县城。刚下车，儿子建钢就等候在那。建钢接过老爸手里的包，领二老上了一辆出租车。

陶爹上车后小声念叨："单位没车？"

"爸，我这不是私事吗？"

几分钟，就到了儿子住的公务员小区。

三人一进屋，客厅的茶几上早已摆好茶水和糖果。儿媳妇一边给公公婆婆削水果，一边说："正好下周日就是爸爸七十岁生日，你们不来，我们也打算专程回去一趟的。"

儿媳妇记得自己的生日，陶爹很高兴："我就是来你们这过生日的。"

一旁的老伴拍了一下老头说："平时过生日你都不肯惊动他们，这回找上门来要给自己过生日。你这有点反常啊！"

陶爹笑了笑："你不懂。"

"我不懂？还不就是建钢当了县长，来蹭点脸面？"

"妇人之见！"

"爸，妈。"建钢给二老打圆场，"你们这次能来，是件好事。爸爸整七十了，妈妈您也奔七十了，这么些年过来，当儿子的对你们关心照顾太少，心里也一直很愧疚，这回就安心住下来，然后好好给爸过个生日，让我这当儿子的尽点孝道。"

听了儿子的话，老两口很暖心，不再争执。

第二天，老两口早早就起了床，在小区的院子里转悠。几个建钢的同事认得陶爹，纷纷打招呼：

"陶爹，陶妈，早啊！"

"老支书,看儿子来了?"

陶爹满脸笑容地回应着:"啊哈!是呢。儿子惦记着我的生日,特地让我来的。"

等打招呼的熟人走远,老伴转身就一脸的不高兴,小声责问老头:"你干吗提生日的事啊?生怕人家不知道是吧!"

"我不就随口一说嘛!"陶爹支吾着。

"哼!老了倒还变贱了!小心建钢跟你发脾气!"老伴说完,气呼呼一个人先走了。

陶爹摇了摇头,跟着往回走。

转眼一星期过去,陶爹在儿子家迎来了自己的七十岁生日。在市里打工的女儿、女婿也带着外孙女赶来了。

因这天建钢有个会要开,寿宴只好安排在晚上。

这是一个远离城区的农家餐馆,条件比不得正规的大酒店,但环境很好。一桌农家特色菜,食材都是老板自家种的、养的。

陶爹看了一下席面,还满意,问建钢一共订了几桌。

"爸,我们大人小孩总共就八个人,还要订几桌啊?"建钢说完,就招呼大家坐席开吃。

喝了孩子们的祝寿酒,陶爹又问建钢,"今天是你老爷子七十大寿,就没人……"陶爹做了个送红包的手势。

"有啊!不过都被我挡回去了。"说到这,建钢凑近老爸耳边小声埋怨,"老爸您怎么搞的,随便跟人家说您生日的事,您以前不是这样的啊!"

陶爹没有作声,建钢接着说:"您这一说不要紧,机关好多干部闻讯都来送礼,有的红包里塞了几千上万元,您想这只是给您老祝寿吗？弄得我只得黑下脸来警告，谁不听劝阻，一律党纪处置！"

"这不得罪人吗？"

"没办法啊老爷子，您可是我们县里任村支书时间最长的老同志，您儿子我又是一县之长，我能……"

"好了！"陶爹打断儿子的话，"我就知道你今天为什么选了这么个偏僻的地方吃饭。"

建钢想要解释，陶爹用手势制止了儿子："你今天陪我喝几杯。"

建钢也不再多说，先给妈夹了些菜，然后频频跟老爸碰杯……

生日酒喝得有点多，陶爹回去后一觉睡到第二天早上。家里人上班的上班、上学的上学去了。

看老头起床，老伴问："酒醒了？"

陶爹"嗯"了一声，然后一边穿衣一边说："收拾下东西，今天回乡下去！"

老伴蒙了："搞什么鬼，刚来几天！"

"住不惯，不如乡下方便、自在。"

"那也要等建钢回来说一声再走啊！"

"上车了再给他打个电话就是。"

"就你能折腾人！"老伴一边收拾东西，一边埋怨，"早知这样，我就不跟你来了。"

"你晓得我这回为什么要来？"

"不就是来……"老伴突然想起了什么，"你这么急着要走，是不是觉得建钢昨天的安排让你掉了面子？"

"妇人之……"陶爹把他的口头禅咽了回去,"我这次是来搞测试的。"

"测试什么?"

陶爹让老伴坐在自己身边,认真地说:"我这人吧,你晓得的,平日最看不得那些贪腐的事,看了就气愤!我也听不得有人因为这些极少数人的事,就说共产党的不是,听了就想跟人去理论。现在我自己的儿子也当了官,我是又高兴又害怕啊!我怕他一时脑子犯浑,遭老百姓戳背心,坏了共产党的名声啊!"

听了老头这番话,回想起老头最近的一些反常言行,老伴一下明白了老头的苦心。

"那你的测试结果怎么样?"

"嘿嘿!我调教出来的儿子,过得硬,合格!"

"死鬼,夸儿子都不忘记捎带上自己!"

作者简介

何良才,湖南益阳市人,本科学历,银行退休干部。有小说、散文、诗歌作品散见于《中国银行保险报》《湖南日报》《天津青年报》等报刊。

考　验

　　王家庄村换届选举。原村民委员会主任老王退了下来,他的邻居王刚被推选为新主任。当天晚上,几个发小就提着酒来到王刚家的小院。酒过三巡,微醉的王刚拍着胸脯,响亮地回应着兄弟们的各种请求。老王坐在院子里,一直默默地听着隔壁的动静。

　　第二天,老王叫王刚跟他去村后的那个大池塘学钓鱼。老王上鱼饵、甩鱼线,王刚比葫芦画瓢学。

　　突然,平静的水面抖动了一下,王刚鱼竿的浮子上上下下。鱼上钩啦!他急忙将鱼线提了起来。鱼钩上没鱼,鱼饵也不见了。

　　没过多久浮子又动了。王刚急忙提起鱼线。鱼饵没了,也没见鱼的影子。老王见状,微微一笑,从包里拿出一个大鱼钩给王刚换上。普通的鱼钩就是一根弯曲的大头针而已。而这个鱼钩非常奇特,是由几个这样的鱼钩钩尖朝外、绑在一起的"超级鱼钩"。

　　老王说:"这是我自己发明的鱼钩。这个鱼钩可厉害啦,鱼不论从哪个方向咬鱼钩都逃脱不了,这样才能钓到大鱼。"

不一会儿，王刚又看到浮子猛地一沉，他正要提起鱼线，就听到老王小声提醒他："别急，这是鱼在试探呢。"

浮子浮浮沉沉，一下子猛然全部没入水中。老王大喊一声："快！"王刚高高提起鱼线，一条大鱼在空中画了一个漂亮的抛物线。没多大工夫，又一条大鱼上岸了。王刚说："这些鱼太笨了，一钓一个准！"

老王长长地叹口气，语重心长地对王刚说："你错了。不是这些鱼太笨，而是鱼饵的诱惑力太大了。起初，你下的鱼饵都被它们吃掉时，它们可能也是有冒险试探的意思。但是几次三番之后，它们就对这些鱼饵产生了严重的依赖心理，毕竟，不劳而获是多少人的美梦呀。所以，咱们即使换了大鱼钩，它们潜意识地会认为这是安全的，已经完全麻痹了，根本不会再考虑到危险的存在，所以就放心大胆、争先恐后地来抢食。个个都怕错失良机，都后悔错过吃白食的机会。"

王刚说："看来，只要舍得下鱼饵，就没有不上钩的鱼！"

老王说："聪明的鱼也是有的。要想做一条不上钩的鱼，就必须经得住各种各样的考验和诱惑，要不然就像这些鱼一样，成了被人嘲笑的笨鱼、傻鱼，最后被杀掉，变成死鱼！"老王突然话锋一转，"你是想做一条笨鱼，还是想做聪明的鱼？"

王刚愣了一下，马上回过神来。闹了半天，人家是借钓鱼来给自己上政治课来了。他笑着说："叔，没人想做笨鱼。我今天不但学到了怎样钓鱼，也学到怎样做不上钩的鱼！"

老王说："昨天晚上，那哥儿几个都有求于你吧？一个个热情得不得了。"王刚挠了挠后脑勺，红着脸说："心里高兴，一时喝高了，嘴上就没个把门的了。有些事儿我哪办得了呀。"

老王说："其实，他们来给你庆贺，也是人之常情。要是没一个人来道喜，那才反常哩。别忘了，你这个村委会主任可是一票一票选出来的呀。"王刚说："说出去的话，泼出去的水，那我该咋办？"

老王说："他们求你办的事儿，你一件一件都记得清吗？"王刚说："他们刚开始也都不好意思提，后面含含糊糊地说，我迷迷瞪瞪地听，哪能记那么清？"老王说："所以说，酒后的醉话，没人当真。"王刚说："叔，你的意思是……"

老王指着水面说："你忘了，那些笨鱼、傻鱼之所以上钩，就是吃白食的心理在作祟。"王刚恍然大悟，他如释重负地笑了。

当天晚上，王刚做东，又把哥儿几个叫到自家院子里。大家刚坐下，老王就走过来了。后生们纷纷起身让座。

上了一桌菜，喝了两轮酒，老王开腔了："今儿和昨晚喝得一样高兴，但都别喝高了。"老王说着，举起了酒杯，"喝完这杯酒，就散了吧，以后日子长着呢。王刚这个村委会主任担子不轻，得给全村人办实事儿，你们可得多帮衬呀，这顿酒就算是提前感谢你们的帮忙吧。"

几个人你看看我、我看看你，之后就端起了酒杯一饮而尽。

他们在心里一直犯嘀咕，不知道这爷俩从哪弄来的什么酒，真叫一个辣呀。

作者简介

清风，本名刘灵灵，女，80后。文学爱好者，在地市级报刊发表文章多篇，偶有获奖。

偏　方

年轻的时候，我是很有理想的，想像鲁迅那样以文济世，后来发现自己没有太高的文学天赋，于是又想到学医同样可以救人，幸运的是，那年高考考上了一所医学院，愿望得以实现。等到真正当了医生后，每天面对不同的病人与千奇百怪的病症，心里又不禁感叹，这个社会病人真的太多了。

周臣是我遇到最为特殊的病人。记得那是一个雨天，来医院看病的人比平日少，一个身材魁梧头上戴着一顶鸭舌帽的中年男人走进了我的门诊室。他坐在我面前，两腿张开，有一种不怒自威的气势。化验单上显示，他除了血脂高，有轻度的脂肪肝，其他各项指标都正常。脑电图和心电图也没问题。他却坚称自己病了，说最近半年经常做噩梦，睡眠不好。我问他做了哪些噩梦，他说每次做的噩梦大同小异，梦里总被人追赶，自己想逃又没有地方可逃，最后走进了一条死胡同，醒来一身冷汗，难以入眠。

我意识到他可能是患上了抑郁症这类疾病。病人外表与常人无异，内心世界某些部分已经坍塌，严重者甚至会有自杀的倾向。我暗暗为眼前这个中年男人担心起来，于是又问他的职业，他支支吾吾说自己是一家公司的部门负责人。我问他最近是不是遇到了困难或者烦心事。他似乎被我说中了什么，叹口气说，最近遇到的烦心事确实挺多的。我说方便的话说来听听。他突然警觉起来，手拉了拉头上的鸭舌帽，气呼呼地问：你是在套我话吗？

我经常会遇到各种脾气的病人，对这种质问早已见怪不怪。从语气和坐姿看得出，眼前这个中年男人平时脾气不是那么好。我给他开了一些镇定安神、有助睡眠的西药。他嘟噜着：这药管用吗？我说先试试看，你的症状可能是工作生活的压力所致，把烦心事放一边，有时间出去散散心。他不再说什么，起身离去，恰巧跟进来的人相撞，头上的鸭舌帽掉在了地上。他弯腰捡起帽子，一脸愠色。突然，我觉得这人面熟，好像在哪儿见过，一时又想不起来。

这个病人给我留下了深刻的印象，我忍不住再次看他的病历。病历上写着病人叫周臣，名字也很熟悉，似乎在哪儿听过。我确定之前他没来过我的门诊，于是掏出手机上网搜索，竟然一下子搜出好些关于周臣的新闻：有参加会议的，有出席活动的，有视察的，有发言的……周臣竟然是一位分管地产的局长，照片跟前来看病的是同一个人，眼熟应该就是以前在新闻里见过。联想到网上、电视看到的各类反腐信息，我心里隐约明白了什么，甚至还生出一些幸灾乐祸的想法。但是，从医德上讲，治病救人是我的职责，跟病人的身份无关。

一周后的一个雨天，周臣又来了，也许是有些熟悉了的缘故，他坐在我面前不再有那种威严的感觉。他说听从我的建议请假出去逛了一圈，去了大理和延安，其中延安是革命圣地，早想去，可惜一直没有时间。这次去参观感触非常深刻，想想革命先辈们住窑洞吃土豆，那样艰苦的环境下打下江山真不容易。一路上病症减轻了一些，只是回来后马上又犯了，昨晚做了一个更可怕的噩梦，梦见自己被关进了一个铁笼子里，爱人、女儿和亲朋好友都离自己而去，醒来又是一身冷汗。我问为什么不多去几个地方，他说单位事忙，请假多了影响不好。还有，景点拍照不好发朋友圈，如锦衣夜行，心里憋得慌。

我说既然西药不管用，我有个偏方，是专治你这种病的，要不要试一试？当然要试！周臣像抓住了一根救命稻草，可以想象噩梦、失眠已经把他折磨成什么样。我说告诉他配方，药他自己去买即可。他问是哪些药，我说当归、莲子、枸杞，每天每样五克泡水喝。另外，每晚睡觉前背诵一遍周敦颐的《爱莲说》。周臣将信将疑地问，会有效果吗？我说当归祛腐、莲子清心、枸杞明目、《爱莲说》修身，肯定会有效果的。周臣若有所思，出门时，手把头上的鸭舌帽拉得更低了。

后来很长时间周臣没再来过。出于对病人的关心，我偶尔会上网搜一下"周臣"，想看看他的近况。有一天，我突然看到一条新闻：××局局长周臣涉嫌违纪违法，主动投案自首。一个月后，我又看到一条新闻：××局原局长周臣在任期间存在腐败问题，因其主动投案自首，主动交代违纪违法问题，主动全额上交违纪违法所得，真诚悔过，决定从轻处理……

再次见到周臣是一年后，一个大晴天，他来到我的门诊。这次没有戴鸭舌帽。他不是来看病的,是来感谢我的。

周臣像老朋友一样坐在我的对面,气色比以前平和多了。他诚恳地说:真的感谢你那个偏方,治好了我做噩梦、失眠的顽疾,你不知道那时我多痛苦,觉得自己迟早会走上一条不归路的……现在,高血脂、脂肪肝全没了,心里踏实多了。我还把你的偏方推荐给身边的朋友,朋友都说当归、莲子、枸杞泡水喝虽然苦点,还可以接受,只是每晚睡觉前背诵一遍周敦颐的《爱莲说》有点怪怪的……

我满脸笑容听着周臣的感谢,心里却想起了年轻时候崇拜的鲁迅。中间好几次,我差点说出偏方其实是自己胡诌出来的,但最终还是没有说出口。

周臣走的时候,我起身相送,随口说了句:周局长慢走。

周臣回头,脸上略显落寞,似在回答:早不是局长了。

作者简介

赵香远,男,湖南衡东人,小说散见于《莽原》《中国铁路文艺》《短篇小说》《小说月刊》《连云港文学》《小小说月刊》等刊。有作品入选各类考试试题及选刊。著有长篇小说《开在边缘的向日葵》。

父亲不写"介绍信"

海边露天茶亭里,春天的阳光暖融融的。

徐超盯着坐在茶桌对面的老战友洪小兵的军鞋忍不住问:"凭你父亲的关系,当年从部队回来,你要进行政机关与事业单位还不是易如反掌?"年轻时,他俩一块去当兵,也同时转业。转业后,徐超分到研究所,后来在党委书记的岗位上退休。洪小兵去了化工厂,退休前是国企上市公司的总经理。

徐超兢兢业业廉政奉公,退休时头上虽白发不少,皱纹也有了,但看上去还像四五十岁的人。大伙见了都说:徐书记,你保养得可真好。洪小兵在国企改制期间,带着一班人马"摸着石头过河"没日没夜地干,总算把企业搞成上市公司,同时,也把自己整成胃癌。现在听老战友这么一说,洪小兵笑了,他知道这是一直悬在徐超心中的疑惑。

洪小兵挪了挪脚,他脚上的一双老式军鞋,在阳光下特别耀眼。他呷了一口茶,调侃道:"你没背景,却去了事业单位。哈哈。"

"我就不明白了……"徐超一直为小兵的胃惋惜,他总认为小兵的胃癌是企业改制时"拼"出来的。"这问题是不是把你给憋坏了。"洪小兵坏笑着,随之,喃喃地说起往事——

从部队回来后,我本想进市中级人民法院的,那是我从小向往的地方。再说了,我父亲有许多老部下在政法部门,安排我进去可以说是不费吹灰之力。

思量再三,我背着父亲去找法院院长、党委书记和人事处长。那些领导都是我的叔叔辈,对我亲切得很。按政策也合情合理,况且,你也知道,我在部队得了不少奖,军功章就有好几个。

让我始料未及的是,他们说需要我父亲写一封"介绍信",也就是一张私人便条。这下可难住我了,父亲的脾气我是知道的,磨蹭了好些天,为了自己的愿望我还是硬着头皮敲开父亲的书房。

父亲端坐在书桌前,正拿着小楷抄着什么。

"爸,你给我写张便条吧!"我立在门口战战兢兢地说,声音似乎只有自己能听到。

"翅膀硬了,敢自己出去找人了。"父亲的声音厚而重,他并不看我,而是看着自己写好的小楷,读道:"我们这个队伍完全是为着解放人民的,是彻底地为人民的利益工作的。"这是《为人民服务》里的一句话,我小学时就背得滚瓜烂熟。瞬间,我心一紧,低下了头。

父亲见我没说话,抬头看了我一眼说:"听从组织安排,分配你去哪儿就去哪儿。"

我使劲地咽了咽口水,低声说:"我不想去化工厂。"

"在部队这么多年,'三大纪律八项注意'你还没学会吗?

服从命令听指挥是军人的天职！没什么可商量的。"父亲提高了语调，一脸肃容。

"你就帮我这一次吧，我特别喜欢去法院工作。"我不甘心地做最后的努力。

父亲瞟了我一眼说："不行，那是违反原则的！我已经告知他们了，不能接收你。"

"你能给胡小东写介绍信，为什么不能给我写……"我不服气地高声顶撞。

"混蛋！！！"还没等我说完，父亲怒目圆睁，站起身狠狠地顿了一下茶杯，滚烫的茶水溅到手上他也浑然不知。他用手指指着我说："你有什么资格和胡小东比。你！给我滚！"

母亲闻讯奔了进来，把我推出书房，帮父亲处理烫伤的手。

就这样，我到了化工厂……

讲完这一段往事，洪小兵斜斜地看了看徐超又笑了，像是在说别人的故事。徐超不无遗憾地问："你就不怪你父亲？"

说着，他又快速地瞟了瞟小兵的身子，狠狠地咽了口唾沫。本想说：你这身体不都是在化工厂搞坏的？话到嘴边硬是给咽了回去。眼睛又落到小兵的鞋上。

洪小兵似乎看穿了老战友的心思，瞅着鞋说："这鞋是我父亲送我的，穿着它走路心里踏实。"他挪了挪身子继续说："我这身体和化工厂没有关系，人吃五谷杂粮哪个不生病？不过，说一点都不怪父亲那是假的，开始那几年特别恨他。直到有一次，组织上派人整理他以前的战斗事迹，恰好我在边上，父亲的一段话让我明白了许多。"

徐超说："你父亲应该有很多故事。"洪小兵又笑了："他对来访者说，不要写我，真正的英雄没有回来。想想在战场上牺牲的那些战友，大都是未婚的小伙子，有的连名字都没留下来。我现在有家，有孩子，生活如此幸福，那都是无数将士们浴血奋战换来的。"

接着，父亲盯着我意味深长地说："如果再向组织伸手要这要那的，或通过关系给孩子谋私，那我们还有什么脸面去见九泉之下的英雄。"

"可你父亲还是给胡小东写了介绍信啊。他后来可是当了公安局局长呢。"徐超有些不解。

"后来母亲告诉我，胡小东的父母在抗日战争时期是党的地下工作者，被叛徒出卖后为保护党组织受了许多酷刑，最后牺牲在刑场上。"洪小兵深吸一口气继续说，"母亲告诉我，父亲最后也并没有把介绍信给胡小东。胡小东当年在部队也立了不少功，他是通过正常渠道进公安局的，后来在公安局也破了不少大案。"

一阵沉默。海浪拍打堤岸的声音一阵高过一阵。

良久，徐超站起身说："你父亲给了你一生最好的'介绍信'！"

洪小兵脸上泛出异彩，掏出纸巾弯腰擦鞋。

其实，这双鞋很干净，在阳光下透出底色。

作者简介

黄翔玲，福建厦门人，中国微型小说学会会员。作品散见于《故事会》《安徽文学》《五月风》《生活·创造》《厦门日报》《商丘日报》《新课程报》等。作品荣获各类征文奖或收入小小说集。

攀　比

　　站在桥头的温强，已凝视河水许久。儿时，伙伴们常到河里摸鱼，每次都是他和邻村的余海涛摸得最多，童年时两人就喜欢较着劲一比高下。如今，两人是相邻村的支书，攀比也从没停过。

　　太阳升了起来，波光粼粼的河面散发出一道道白光。温强像有心事，他大口吸着烟。过些天，他的儿子和余海涛的儿子都办婚事，结婚是孩子的终身大事，谁都想把喜事办得风风光光。想到这，温强心口猛地沉了一下，他是怕在这事上输给余海涛，落下笑柄。

　　温强心里噼里啪啦打起算盘，亲戚、朋友、同学……怎么也五十桌吧！温强氤氲在烟雾里的脸露出几分得意。可是，片刻后，他的脸又板得像块石头，凭余海涛的人脉，至少也得五十桌！

　　温强将烟头摔在桥上，用脚尖又狠踩几下。前几年，村里修路，他和余海涛商定两村的路一样宽。可是，村里的路快修完了，余海涛那边却迟迟不动工。等村里的路竣工了，余海涛却自掏五万元,把路加宽了一米!每次想起这事,温强就一肚子气。

这次,余海涛儿子的婚事早三天!他在先,我在后……温强脸上露出了笑容。温强上了车,脚踩油门,黑色轿车快速行驶在公路上。他想探个究竟。

车子在餐厅门前停下来。近几年,农民腰包鼓了,生活方式也变了,现在都讲究吃个绿色健康。

穿着绿色工作装的姑娘满脸含笑地迎过来。温强支吾良久,才说:"余海涛的喜宴……订了多少桌?"

"三十桌。"

"三十桌?"温强满脸惊愕,嘴巴张成鹅蛋状。他沉思许久,才仿佛明白了什么,说,"我订三十五桌!"他暗想,三十五桌,既不招摇,又不输给余海涛!从餐厅出来,他终于如释重负地长吐一口气。

这天,区里开会。会议一直开到晌午,一散会,温强便猴急地跑出会议室。他边跑边用手拍打脑门:"真是糊涂了!"他没回家,而是直接去了餐厅。一进门,他就嚷嚷:"给我把婚宴改成二十五桌!"

回家路上,温强心里终于安顿了一些。可是,对面公路上一辆疾驰而过的银色轿车让他又忐忑起来……那辆车是余海涛的。

直到吃过午饭,那辆银色轿车依然在温强的脑海驶来驶去。于是,他给餐厅打了电话。电话那头是银铃般的笑:"是的,刚才余海涛改成了二十桌。"

果不出所料,温强脑袋"嗡"的一声,他愤愤地说:"给我改成十五桌!"放下电话,他有些后悔。十五桌的确有点少,他感到有些对不住儿子……可是，这件事他决不能输给余海涛。

接下来的几天，温强轻松了许多。十五桌，看余海涛还怎么减！可是，那天午饭，媳妇说，儿子结婚余海涛居然连邻村的大表哥都没请。温强眉头倏地皱起来，他扔下碗筷，便来到餐厅。

当姑娘歪着脑袋告诉他余海涛改成十桌时，他气急败坏地喊："给我改成五桌！"话音刚落，门口传来爽朗的笑声："别改了，咱俩都十桌吧，打个平手蛮好的。"

来人是余海涛。他握住温强的手，说，"那年修路是我不好，我向你道歉！其实，你以为我愿意加宽道路呀，俺村人多，又紧挨着省道，来往车辆多，没办法啊。没提前跟你说，还不是怕你攀比？自掏腰包修路这事，至今我媳妇还冲我噘嘴呢。"

温强讪笑一声，心中的怨气早已没了影。余海涛面色凝重地说："村民们可瞅着咱俩呢，都十桌吧！这样做，既在红白事不大操大办问题上做了表率，还能请要急的亲戚一起乐和一下……"温强若有所思地拍了拍余海涛的肩膀，用力地点了几下头。

两人从餐厅出来时，头顶那片蔚蓝的天，让温强郁闷了许久的胸口蓦地轻松起来。

作者简介

刘杏芬，毕业于北京师范大学，业余时间多次参加全国各地征文活动，获湖南体彩责任彩票宣传口号有奖征集大赛二等奖、北京市顺义区"仁和杯——我心向党"征文大赛一等奖、"深圳经济特区建立40周年·我与福彩的故事"征文大赛二等奖等奖项。

一盒月饼

叮咚！一声清脆的门铃响，打破了清晨的寂静。

"老婆，快去开门。"梁国栋本想睡个懒觉，这一下睡意全无。

"来啦！来啦！"张秋华一边去开门，一边想，这大周末的谁这么早呀？

"舅妈！早上好！"

"是萍萍啊！你咋这么早过来了？"

"我值班。这是我婆婆自己加工的老味月饼，秦松让我送来给舅舅、舅妈尝尝。"

一盒月饼，至于这一大早送来吗？梁国栋一边穿衣一边想，不睡了，也该回老家一趟了。"老婆！你收拾一下，咱今天回老家。"

"嗯，是该回去看看娘了。"张秋华开始准备礼品，什么燕麦、黑芝麻糊、核桃粉，老年人能吃的，她统统都装上了。

梁国栋又说："把那盒月饼也带上吧，让咱娘尝尝萍萍送的老月饼，还是不是以前的那个味道。"

梁老太太看见当副局长的儿子，带着当校长的儿媳回来了，兴奋得像个孩子，咧嘴一笑，脸上的皱纹都挤在了一起。只要看见儿子，她就觉得脸上有光，身上有劲儿。

老太太炸了黄澄澄的地瓜丸，蒸了热腾腾的枣馍馍，还炖了一锅自己家散养的小笨鸡。饭桌上，她不停地给儿子夹菜，说这都是你爱吃的，多吃点。

这顿饭梁国栋吃得很多，他常应酬，出入过大小饭店，但哪里的大厨都比不过妈妈的手艺。张秋华也说，今天吃撑了，还是婆婆做的饭好吃。

吃过饭之后，梁国栋躺在母亲床上想小睡一会儿，然后再开车赶回去。张秋华就陪着婆婆唠家常。

秋华说："娘！给您拿来的东西，别舍不得吃。让您跟我们在城里住，您说住不惯。在家里可不能光会过，亏了自己呀。想吃什么就跟我说。"婆婆说："我还能照顾自己，你不用操心。我倒是担心你们。工作上的事，我也不懂，也管不了，你可要常提醒国栋别走斜路，只要行得端，走得正，不犯错误，就是对娘最大的孝顺了。至于吃喝方面的事儿，娘老了，什么都吃不多了，也吃不出味道来了。"

张秋华突然想起萍萍送来的老月饼，就拿给婆婆尝尝。当老太太知道是萍萍送的月饼时，好像看见宝贝似的，嘴里喃喃细语地说，是萍萍送的呀！这孩子还真有心！老太太看着月饼，眼睛里充满了宠爱，好像看到了外甥一样。

这是五仁的，这是枣泥的，这是椒盐的，这是……突然，一个大红包露了出来。老太太一下子愣住了，怔怔地看着躺在月饼盒底部的红包。张秋华也傻眼了，她有些不知所措了，小心地用手掂了一下，厚厚的，沉沉的，应该有好几万吧？老太太的脸一下子阴暗下来，严肃地问儿媳：这到底是咋回事？

张秋华快步来到丈夫床前，推了他一把说："快醒醒，有重要的事儿。"

"啥事儿？"

"你看看那盒月饼。"

"月饼？"为官多年的经验，让他警觉起来，急忙起身下床。看见月饼礼盒中的红包，他皱了一下眉头说，"娘！这是……"

"不要给我瞎编，你娘虽然老了，但我不糊涂。你爹当年在生产队里当大队长，他但凡有一点歪心思，咱家就会有吃不完的粮，可他宁可让全家人半饥半饱，也不肯多拿队里一粒粮食。全村上下谁不尊敬他？他现在虽然人不在了，但他的名誉还在，你可不能毁了咱一家的名声啊。"

梁国栋脑袋快速地转了几圈说："娘！不会的，您放心吧。这钱是给我姐准备的，这不是马上要过中秋节了吗？她的超市需要多备点货，这盒月饼也是给她的，可能是秋华拿错了。"

老太太这时才长出了一口气说："哦，那就好！那你趁早给你姐送过去吧。"

刚坐上车，张秋华就忍不住问丈夫："这到底怎么回事呀，萍萍怎么还给咱们送红包呀？"梁国栋叹了一口气说："唉！工作上的事儿，我一般不愿跟你聊。其实那个秦松，他和萍萍藏着心眼儿呢，虽然跟咱是亲戚，在单位里，他和我并不是一条心。"

"啊？怎么会这样啊？他与你作对？"

"作对倒是没有。"

梁国栋回忆着单位里的事儿,刚开始秦松这个外甥女婿也想和他亲近,想让他帮着走捷径,被他严厉拒绝后就开始疏远了。秦松表面上很尊重这个舅舅,但实际上他是老孙的人。

梁国栋叹了口气说:"以前没有什么风口,大家都还过得去,但现在情况就不一样了。"

她问:"现在是什么情况呀?"

他说:"听说中央要派暗访组进驻咱们市了,老孙这是要借助秦松的手,把我拉下水啊。如果我出了事,老孙就少了一个竞争对手,等明年老局长退下来,正局长就是他的了。秦松也会从中受益。"

她说:"真是人心叵测呀,你说这事儿萍萍知道吗?"

"她当然不知道,萍萍这孩子还是很单纯的,从小就跟咱们亲,她不会想着害我这个亲舅舅的,但是秦松跟她隔着心呢。"

随后,梁国栋拨通了秦松的电话:"小松啊,谢谢你让萍萍送的月饼,我和你舅妈都不能吃甜,正好今天回老家,我们给我姐带来了。等萍萍休息了,你们俩一起回来看看爸妈,我姐说想你们了。"

秦松听了顿时惊出了一身冷汗。他结结巴巴地说:"给、给她送去了?那、那我马上过去,马上过去。"

作者简介

苗桂芝,网名祝你平安,山东嘉祥人,嘉祥市作家协会会员,济蜂园文学社成员,济宁市散文学会会员,小小说创作班学员。

刘一手

刘一手是我们村的党支部书记。他原本姓刘,为人处世总喜欢留一手,久而久之,大家都叫他刘一手。

的确,不管是讨论村委年度计划,还是评低保户、困难党员,他一贯都是笑眯眯地等大家讲得差不多了,才慢条斯理地发表意见,让组织委员再补充完善。

今年,村里争取投入资金三十五万元新建文化广场,并决定公开招标。

在报名截止的最后一天的最后十分钟,又杀出个"程咬金"——增加了一个叫李三金的竞标者。

大家都明白,李三金是刘一手的远房表侄。

"李三金开的是倒买倒卖的皮包公司,来搞浑水的吧?"

"李三金酒量可以,能力嘛不好说。"

"人家命好啊,是书记的亲戚,说好的公开竞标,看来要一手遮天啰!"

……

大家群情激奋，议论纷纷，有人恨不得把榜单撕下来踩两脚。

我是竞标人之一，对刘一手的这点小九九也很看不惯。不过，既然是公开竞标，李三金虽然与刘一手有点亲戚关系，但也有权报名竞标，想到这一层，心里稍微好受了些。

竞标如期进行，镇里的张镇长、村干部、竞标人都到了场，还来了不少看热闹的村民。

本次参加竞标的五个人，基本上都做足了准备，非常认真听组织委员现场讲解项目建设的标准、要求、注意事项。只有李三金似乎把握十足，心思根本不在听讲解上，眼珠子滚来滚去不断搜索他想要套近乎的人，有时还离场去接听电话、跟人握手、寒暄、约饭局。

竞标开始之前，刘一手依旧让大家充分发言，最后才慢悠悠地补充说："这次竞标以暗标方式当场报价，公开唱标，一锤定音，价低者得！"

话音未落，台下哗然一片！个别竞标者已咬牙切齿了。在主席台上的刘一手或许没有观察到大家的心理变化，或许压根儿就不理睬，依然慢条斯理地安排村干部给所有竞标人发放报价单。

不少竞标场合也用暗标报价的方式，所以我还能接受。

我已对实地测量再测量、预估再预估，就想淘汰李三金，不给刘一手搞小动作的机会。然而，事与愿违，其他三位竞标者报价均在三十三至三十四万元之间，李三金和我的报价竟然都是三十一万八。

现场的空气似乎要凝固了，人人都伸长脖子看向主席台。

刘一手也没想到会这样，在主席台上跟张镇长嘀咕许久。张镇长又打了一大通电话之后才跟大家说："出现两个金额一样的最低价，一锤定不了音。经请示上级同意，三十一万八的报价比较合理，予以保留。至于工程给谁，由村干部现场投票表决。"

"李三金是刘一手的亲戚！""不公平！""欺负人！""瞎掰！"大家各种不服，怎奈胳膊拧不过大腿，投票"加时赛"还是开始了。

正当我自叹倒霉时，张镇长宣布，刘书记是李三金的亲戚，所以回避投票，其余九名村干部的投票结果是：李三金四票，我五票……

虽然我只是险胜，刘一手原本的慈眉顺眼却顿时难看无比。

施工期间，刘一手有事无事总是背着双手在项目现场溜达，一会儿看看那，一会儿问问这，搞得我紧张得要命，不敢有半点疏忽。

依仗刘一手全程监督的功劳，工程倒是顺利通过了上级验收。

为了联络感情，竣工那天我邀请了村干部和工人们一起庆功。大家酒酣耳热时，我客套地说想给大家每人二百元红包图个高兴。刘一手听了我的客套话，放下手中的酒杯，稍做停顿，随即边夹菜边毫不客气地点头叫好，还交代我把所有村干部的红包都交给组织委员。

我把一共装有两千元现金的十个红包交给组织委员，以为组织委员会一个一个分发。结果，刘一手又留了一手，交代组织委员保管好红包不要现场分发。

想不到刘一手竟这么大胆，我想生气又不敢发作，只好打落牙齿往肚里咽。

再后来,村里举行捐资助学仪式,奖励优秀学生和资助贫困家庭孩子。在公布捐款名单时,刘一手大声宣读我捐资三千元。

我一脸纳闷地问组织委员:我明明只捐了一千元啊?

组织委员见惯不怪地回答:要不,怎么叫刘一手呢!

诸葛保满,广西阳朔人,有二百余篇微小说、散文作品见于《中国应急管理报》《华西都市报》《桂林晚报》《株洲晚报》《襄阳晚报》《三明日报》等。微小说作品《桂树成林》获广西生态文学大赛一等奖。

雨·荷

小雨,抚摸着河的脸
轻轻溅起一河塘荷的星光
谦卑、低调的莲藕
默默把空灵如玉的成熟
藏在倒映着荷叶、荷花
的黑色泥土里

浮萍,是个误会
光怪陆离中,升腾着
深深根植于泥土的有机的踏实

——摘自王纪峰诗《河之荷》

绊马索

　　眼前一盘棋，正是胶着状态，车来炮往，上相退士，陷阱重重，刀光剑影。

　　看对方落下一子，石明军不由得暗喜，一马当先，腾跃而上，同时一声厉喝，"将"，哐当一声，落子无悔，大局已定。

　　对方拊掌大叹："明军，你可越来越阴险了啊。当初你的棋路大开大合，横冲直撞，最擅长用的是车，加上双炮合击，也算是光明磊落，没有想到你现在最擅于用的竟然是马，藏得深，藏得巧啊。"

　　石明军哈哈大笑："老领导，人都是会成长的，何况是棋艺呢！当初我正青涩，正像是一匹小马，跃跃欲试找不到方向，不能正确发力，如今摸爬滚打这么几年，总算成熟了一点点。"

　　老领导微微点头："不错，千里马，总有驰骋千里的一天。明军，好风凭借力，定当上青云，只是，这棋盘之上，马能杀将，也能被绊马索绊住马腿，寸步难行，万万不可大意啊。"

石明军点点头，站起身，顺手从博物架上拿了一盒茶叶。从老领导这里顺东西，已经成了习惯，谁叫两人关系如师徒父子呢。

"哎，这茶叶你可不能拿走……"老领导竟然从沙发上站了起来。看来这茶可不便宜啊！石明军嘿嘿一笑，把茶叶往胳肢窝一夹，迅速拉开门，一闪身就进了电梯。

老领导家乡堂弟有个茶园，每年都会给他送应季的新茶，石明军总能喝上一些，从老领导这里顺茶叶也成了这些年的习惯。

"嘿，石县长，您这是？"迎面走来的是小刘。

这可是一匹好马，小伙子能冲锋陷阵，又有脑子，交给他的任务总是能完成得漂漂亮亮。石明军看着小刘，就好像看到当年的自己，满心喜爱。

"你小子有福，给，这茶你拿去喝吧。"石明军把茶叶递过去。

"这多不好意思。"小刘一边嘻嘻笑着一边伸手去接。

石明军忽然觉得这茶叶的包装似乎和以往有点不一样，正要细看，却被小刘伸手接了过去。

"你小子，哈哈，我还能不给你？手头那个项目可不能掉以轻心。"石明军提到项目，目光直视小刘，这可是县里的关键项目，不容有失。

"说到这个，石县长，那几家争得可是厉害呀。"小刘收起笑脸，神色严肃起来。

"这你心里没数？该怎么办怎么办。"石明军拍拍小刘的肩膀，脚步轻快地上楼去了。

石明军的办公室墙上，挂的是一幅《奔马图》。空闲的时候，石明军喜欢站在画前欣赏，赏着赏着，就好像自己成了其中一匹，远天远地，随意驰骋，那种热血沸腾的感觉，实在让人沉浸其中。

电话响了。

"明军，那茶好喝吗？"

石明军有些诧异，老领导可从来没有因为茶打过电话啊。

"老领导，我还没喝。"

"这茶的味道有点不一样，我怕你喝不惯，拿过来我给你换一盒。"

"这，您可别惯着我，我得多讲究啊还喝不惯。"石明军不好意思说茶叶送人了，只是笑嘻嘻插科打诨。

"这个茶是二建送来的，你也认识，既然不想还回来，那你就仔细品品。"老领导没多说，这让石明军松了口气。

二建，就是老领导的堂弟，据说，茶园开得好，已经涉足其他领域了。

只是，以往也都是喝的这个牌子，怎么味道就不一样了？不知怎的，石明军的心里忽然不踏实起来。

他拿起电话，拨给小刘："小刘啊，那茶你喝了没有？味道怎么样？"

"喝，喝了。只是……"

"是不是味道比较特别？"

"是，是挺特别的。"

"越是特别的茶你越要细品啊，据说，这茶是二建送的，你也认识。"

"好，我会好好想，不，好好品的。"

挂了电话，石明军还是觉得心里不踏实。

这天晚上,他做了一个梦。

梦中,老中青三匹马,在草原上驰骋,老马先是在前,不知怎的被绊住前蹄,身躯轰然倒下,发出阵阵悲鸣,然后被正当壮年的马超越。那正当壮年的马仿佛就是石明军自己,他心中大痛,回首嘶喊,只见那小马加快了速度追赶上来,而这时,小马的脚下也出现一道绊马索,石明军大喊一声"小心",从梦中惊醒,只觉浑身冷汗。

小刘来汇报工作了。

"石县长,这是确定的名单和情况说明,那二建……"

"二建?"石明军有些诧异,他竟然参与了投标?

"还有,这个,茶。"小刘拿了那茶盒出来,打开,里面露出些许红票来。

石明军大吃一惊。此时,他忽然想到梦中那匹老马,难道,是二建绊住了老马的腿?想起那声声悲鸣,石明军闭了闭眼睛。然后睁开,看着眼前的这匹小马,他不知道,那道绊马索,这小马是不是避开了。

他打开文件,又闭了闭眼睛,小刘看着石明军的神色,也忽然紧张起来。

石明军再睁开眼,看到小刘一脸的忐忑,不由得心又提了起来。

终于打开文件细看,里面清清楚楚写着中标人……他长出了一口气,不是二建。

"石县长,我始终记得您曾经说过,一匹马,不能被绊住马腿,而品茶,也一定要记得最好的茶香是不失原味。二建虽然是老领导的亲戚，但是他资质不够……"

石明军站起来，拍了拍小刘的肩膀："不错，恭喜你，通过了考验。"

小刘放下志忑，一脸笑意出去了，石明军却瘫倒在椅子上。

小刘能把自己的话理解成考验的暗示，自己呢？老领导……那是自己的老师，在一定意义上也是自己的父亲。

石明军把自己包裹在烟圈里，久久不动。

第二天一大早，电话响了，是老领导。

"明军啊，那茶看来不对你的胃口啊，二建说了，他没中标。"

"老领导，我……"

"你小子，拿上那盒茶叶去报备吧，我早就和纪委书记打好招呼了，也相信你这匹千里马一定不会被绊马索绊倒。二建早就不是那个淳朴的二建啦，人心不足……"

石明军的心中涌出一股狂喜来，他来到《奔马图》前，只见老马跑得正酣，小马朝气蓬勃，真是一幅好画。

作者简介

姜丽，笔名只留阳光，教师，河南长垣人。在各级刊物发表散文小说若干，网络发表长篇小说两部、短篇作品百万字。有多篇小说获奖。

保证书

这天新丰村突起大火,一户人家烧着了!

此时正是上午十点左右,男人们在田里劳动,留下的全是老弱妇幼。眼见得火势越来越猛,大伙吓得大喊大叫,却又束手无策。就在这时一人冲过来,是韩叔,惊呼声里韩叔没有丝毫犹豫,一头冲进火场,片刻后抱着一个小孩冲出来,刚出来,"哗"的一声身后屋子烧塌。好险!

韩叔抱着的小孩叫杨晓兵,火灾也正是他玩打火机引起的。

韩老爹成了新丰村乃至全镇人心目中的英雄。时光飞快,一晃韩叔成了韩老爹,他救下的杨晓兵成了风光的城里人,还经常上电视啥的。杨晓兵每年都来看望韩老爹,每次来烟酒茶一大堆。韩老爹过意不去,说:"晓兵,你心意我领了,看过我一次就行了,以后就不要来了,哪能年年为我花钱呢?"

杨晓兵动情地说:"叔,救命之恩大如天,要不是您当年冒死救我,我能有今天吗?"

大伙听了都说:"晓兵这孩子晓得知恩图报哩。"

可是这一天再次突发事故,还是杨晓兵引发的,比起少年时期引发的火灾此次事故大多了,是灭顶之灾:因为贪腐,杨晓兵被抓。

杨晓兵原本是全村人的骄傲,新丰村人跟外村人交流时总爱拿他压人家一头。这一下风云突变,外村人看新丰村人的眼神立马变了,就连新丰村人看韩老爹的眼神也变了。韩老爹感受到了这种改变,心里像压上了一块沉甸甸的大石头。

这天韩老爹发现自家菜地被邻居侵占一小块,就跟邻居理论。那邻居大婶一向爱占小便宜,对她来说不占便宜就算吃亏,见韩老爹要她退回菜地,眼就斜起来了:"哟哟哟,不就是巴掌大的地方吗?你还在乎这么点地方?那杨晓兵一年到头孝敬你那么多好东西还不知足啊?"

韩老爹听出话音不对,以前有人在他面前提起杨晓兵备感荣光,现在怎么听怎么像挖苦。加之大伙全围了来看热闹,他格外下不来台,于是梗着脖子说:"我不跟你扯没用的,反正你得让出来。"

邻居大婶一下子爹毛了,跳脚骂道:"你咋就这么横呢?以前横有杨晓兵给你撑腰,现在又仗着谁呢?姓韩的,你救人不假,可到底救了个啥人?贪官、大贪官、害人官,害得我们全村人跟着丢脸,你还以为你是当年的救人英雄?我呸!"

打人不打脸,骂人不揭短,邻居大婶这一骂不要紧,句句刺进韩老爹心里。韩老爹顿时眼前发黑、气息倒流,"噗"的一声一口血直喷出来。

这一家伙病得，韩老爹休养了两个月才缓过精气神来。这天大伙不放心来看他，却见他硬撑着在院子里烧东西，青天白日烧哪门子东西？大伙吓一跳，上前再一看，烧的是烟酒茶啥的，全是值钱的好东西。

韩老爹一边烧一边淌眼泪："我哪知道我救了个白眼狼啊！"

从此后韩老爹就像换了个人，以前走路昂首阔步，说话中气十足，现在却完全是副风烛残年的模样，走路时哈腰顺着墙根，跟人说话低声下气，一副理亏的样子。

眼看着过年了，这天村外大河边忽然有人尖叫起来："快来人啊，有人落水啦！"

落水的是个小男孩，寒冬腊月，小家伙胆大包天偷偷溜冰，不提防冰裂开，小男孩一下栽到河里，此时正一沉一浮地挣扎，双手乱划乱抓，冰层"哗哗"断裂，小男孩万分危险！

众人全傻了，大多是老弱妇幼不会游泳，即使会游泳，要知道是寒冬腊月天啊！

正乱成一团，有人跑过来，是韩老爹，韩老爹虽然年岁大了，但依旧是游泳好手。迟疑两秒钟后韩老爹嘴里大声"嗨"一声，一把扯掉棉袄，"扑通"一声跳进河里。

小男孩安然无恙，韩老爹除了冻着也没大事，在医院吊瓶水就行了。

这下更轰动了，要知道韩老爹已救过两个人的性命了，一时间领导、记者、村里人全赶到医院看望他。

被救的小男孩和他家里人当然也来了，在病床前小男孩一家感激涕零，说："老爹，我们怎么感谢您才好呢？老爹，您有什么要求尽管说，我们一定办到……"

韩老爹却一脸平静，甚至还有点愁容。他看看领导、记者，又看看邻居们和小男孩一家，摸摸小男孩的头，开口了："不用感谢，我会游泳，见死不救的话我大几十年全活到狗身上了？不过，我还真有一个要求！"

大伙一起说："什么要求？您尽管说！"

韩老爹叹口气，对小男孩说："小家伙，我只要你给我写个保证书，保证书上只写一条，长大后坚决不做坏人！行吗？"

作者简介

童树梅，江苏省无锡市人。

问 心

我在村委会工作了这么多年,始终没有坐上书记的宝座,这实在是意难平。更可气的是,村支书陆爱青还是个女的,虽然只有四十多岁,却领导了我八年之久。

这个女人处处都想到我前头,我一点出头的机会都没有。

就说那次,一户村民在自家的地里种葫芦,没事的时候把葫芦盘起来,没想到竟长成中国结式葫芦,这事被陆爱青知道了,申报了非物质文化遗产项目,半亩地里的葫芦就拍卖了十万块钱,村民都说她能。我说呀,就是瞎猫碰上了死老鼠。

村里有个老爷子快九十岁了,还住在危房里,四个儿子没有一个人接管。我跑到他家,告诉他:"大爷,您住危房这事咱书记就能管呢!"

老爷子浑浊的眼睛顿时大了一圈。他耳朵不聋,眼睛有些花,土地被他的拐杖敲出一个个小坑,颤巍巍地说:爱青这娃是好娃子,每次阴天下雨都来看我,我不好再去麻烦她。

"您想啊,老话说当官不为民做主,不如回家卖红薯,她不管谁管?您就擎好吧,这事交给我。"

自古以来,清官难断家务事。我看你陆爱青这次咋办?陆爱青听我说了老人的事笑了笑:"你说的这事儿我早知道,解决这个事还不到时候,等到年底再说吧。"

我等,等着看笑话吧。

可是我又失望了。年底的时候,老人的四个儿子都回老家过年时,陆爱青自己出钱请他们吃了一顿饭,搞定。

据说这顿饭是鸿门宴,要求四个儿子轮流照顾老人,否则陆爱青将以老人名义将他们告上法院。上法院事儿小,影响晚辈前途事儿大,谁都不想因为自己不孝而影响孩子们的前途。

我怎么觉得我不是给陆爱青添堵,而是给她添彩呢?不行,这次我一不做,二不休,我要来个动静大点儿的。

镇上拨款三十万元用于乡村建设,修下水道用了不到十万,剩下的二十多万没入账,钱哪儿去了?于是我实名举报陆爱青贪污,一个电话打到纪检委,我要让陆爱青永世不得翻身。

这次陆爱青一定是摊事了,摊上大事了!要么怎么三个多月没见着影儿,莫非是纪检委给带走了?我总算是拨云见日了。

可就算陆爱青被查,镇里也应该有个信,也应该有个代理书记吧?

这两天有点怪,村里人见我面总是绕着走,村里的超市异常火爆,鸡蛋和牛奶一次又一次地卖空。

我问买牛奶的李家三嫂干吗去,她看我的眼神有点不一样:"呵呵,看你仇人去"。

"我仇人？你们都是我的亲人，我哪里有仇人，我以后还要领着你们干工作哩。"我心里在呐喊。

我悄悄地尾随着李家三嫂，竟然来到了陆爱青家。我正要转身离开，却被送人出门的陆爱青爱人老李撞个正着："刘主任，你怎么来啦？"

李三嫂回头看了我一眼愤愤地说："算他有点良心。"

我是丈二和尚摸不着头脑，又骑虎难下，硬着头皮跟着三嫂进了陆爱青的屋里。

让我意想不到的是，陆爱青整个人瘦了一圈，但是精神头很好。慰问品占据了半间屋子，不常见的村民，今天都在这见到啦。陆爱青看见我，半躺着身子像弹簧一样拉直了："老刘，你怎么来啦？"

"陆书记，你这是怎么了，几个月不见，怎么衣服都大了一号？"

"快，快坐下。唉，我这是因祸得福，我正要让老李请你去呢，想跟你商量个事。"

"别急，慢慢说，你先说说怎么个因祸得福？"

"三个月前，有人举报我贪污公款二十万，纪委就派人来查，查到镇里，镇里说，拨款指标下去了，款还没到账呢，怎么贪污啊？闹出个笑话。我当时生气，就不想干了，找借口陪着婆婆去市里检查身体，结果婆婆啥事没有，我却检查出了乳腺癌。这不歇了仨月，做了手术，大夫说，如果看晚了就没命了。你说，这是不是因祸得福？"

我的脸烧得烫人，红得发紫。我估计有壶凉水放在我脸上两分钟就能烧开。

"陆书记,你说找我有事,找我啥事呀?"我连忙岔开了话题。"我估摸着这仨月不在家,耽误了很多工作,咱们村的工作只有你最熟悉,我想把你推荐给镇里,当咱村的书记,帮咱村的村民解决解决问题。"

"不、不、不,没有比你更合适的人选。你慢慢养病,我们大伙都期待你的康复。"我脑袋摇得像拨浪鼓,连忙起身摸摸兜,掏出五百块钱:"陆书记,这点钱你买点补品吧。"说着逃也似的离开了她的家。

作者简介

杨越,又名杨桂琴,原籍黑龙江省鸡西市人,后迁居山东嘉祥。山东济宁市作家协会会员,自由职业者。

家　底

吴支书这边刚丢下饭碗，三华那边就像掐准了时间，提溜着一袋水果来了。吴支书多聪明的人啊，马上有了一种预感，让座，沏茶，递烟。三华连忙抢先给支书点烟，后点自己的，深深吸了一口，沉吟片刻，方才字斟句酌说事。

三华家大斜间的那块地旁本是片集体水塘，天长日久淤积成死水，无人问津。三华的父亲趁农闲拉来泥土将水塘填死，整成农田种上了庄稼。时任老支书打了条子，盖了公章，时任支委的吴支书也在场，答应将这块地交他白种十年，补偿他劳心费力将集体资源"起死回生"。一晃多年，老支书去世，了解这件事来龙去脉的其他人也走的走散的散。三华的老父随大华进城享福，这块地便落到三华手里。闻听村里要"理旧账，清家底"，三华掐指一算，那块地今年刚好满十年，心里开始不安分——他还想再白种几年哩。思来想去，他觉得有必要主动出击，以免猝不及防……

吴支书眯缝起小眼，缓慢而有力地说："还能怎么办？按程序走，收归集体，重新分配。"

"别呀支书，我早了解过，这事全村也就您知根知底，只要您睁只眼闭只眼，就好商量多了。"三华狡黠地眨着眼，压低嗓音。

支书晃动胳膊："这不成。这次清产核资纪委牵头，你这是要把我往火坑里推呀。"

"怎么会呢？就算哪天真有人问起这事，您就说时间隔得太久一时没能想起来不就得了？真到那一天，三华我保证不说孬话，退地！"三华说着，从怀里摸出一个信封轻轻放在茶几上。

"你这是干啥？"吴支书板起面孔，抓起信封往三华手上塞。

"你们村干部大热的天盘点家底不容易，这两千块钱留给大伙买几瓶水，买几个水果。"三华边说边用手抵挡支书，起身撒腿跑了。

吴支书追到院门口，见三华消失在黑暗中，只好收脚不停摇头。

三华送了钱心里并不踏实，担心支书会冷不丁原封不动再送回来，顺带一顿臭骂，让他的盘算泡汤。

村里一班人忙得像没头的苍蝇——大喇叭里反复播放清产核资政策；村干部兵分几路，核对账册，张贴公告，悬挂横幅，挨家发放乡里给村民的告知信；吴支书开着轿车一会儿村里一会儿乡里，也没有片刻消停，似乎那档子事根本没发生过。

三华静静地观察着这一切，悬着的心才一天天放下来。他折服于自己的神机妙算，同时也有点瞧不起支书：哼，两千块钱就扯下了假面具！

时值农闲，村中心路两侧支起不少小桌，村民这一堆，那一堆，下棋打扑克。三华这心事一放下，牌瘾又冒出头，他把正玩的一个邻居挤走，取而代之。没耍两把，有个村民骑电动车经过，刹住车子通报说："我刚看见，从北湖开始丈量地块了。"平静的河面被扔了块石子，三华没心思继续玩，借口有事把牌交给旁人，骑车去了北湖。

三华老远看见五个人：村会计、唐支委、党员代表、群众代表，手里拿东西比画的是个生面孔。他凑上前搭讪："你们没带步弓没带尺，这地是咋量的？"村会计笑着指指生面孔："人家技术员带来了测亩仪，只需绕要测量的地走一圈，就能精确得出地亩。"惊得三华大张着嘴半天没合上。

闲扯了几句，三华将话题切入正题，问啥时能量到他家大斜间的那块地，会计说那块地排在最后，最快也得两个月。

不愧是会计，算得够准。刚好过了两个月，测绘组准时来到三华家地头。吴支书也跟来了，貌似对这次测绘格外关注，三华的心不由得动了一下。那时水稻刚刚收完，小麦已下种，三华接到会计的通知提前来到地里，装模作样握把铁锹整理地沟。测绘很快结束，数据与之前土地确权时完全一致。

接着，测绘人员的目光齐聚集体那块地，三华已在那撒下麦种，依稀可见抛芽的麦苗。

"这块地还要量呀？"三华碰了碰支书的胳膊。支书笑眯眯地说："哪块也不能漏呀，不然还怎么摸清家底？"支书伸手拍拍三华的肩，用低得旁人听不见的声音说："放心，不管咋量，只要你乐意，这块地先紧你种。""那好那好！"三华满意地连连点头，心想还是那个信封的魔力大。

支书带人这边量地,三华那边继续整沟,眼看天将晌午,他故意吆喝:"几位领导,我有个建议不知当不当讲。"也不等有人搭茬,他接着说,"这几个月大家东跑西颠这么辛苦,今天刚好全村测绘完美收官,是不是得请支书出出血,犒劳大家一下呀?支书,你可不能太小气!"几个村干部跟着起哄。支书很爽快:"好吧,今天中午,街上新农村大酒店,菜随便点,饮料随便喝。可就一点,白酒点滴不能碰!三华,请你也一起吧!"三华点头,随着大家一齐欢呼。

支书把另外几个村干部也请了来,刚好满一桌,只是左等右等不见三华。唐支委解释,三华来电话说家里有事来不了,大家自便。

趁中间支书上卫生间,唐支委凑过来解释,三华已把饭钱给他,请他代为安排饭局。刚才起哄只是做话说,怎好真让支书破费?他发现了支书脸上的疑惑,忙说:"我不是三华表舅嘛。就是,就是大斜间的那块地,拜托支书心里有数。"

支书的脸变得阴沉而严峻:"心里有啥数?假如我在类似三华这样的事情上都'有数',那村里的'三资'就'无数',集体产权归属必然还是一笔糊涂账,那还拿什么向群众亮明'家底'?乡村振兴还怎么搞下去?"吴支书缓和了一下口气,"为民谋福的初心、实事求是的精神、勤政廉洁的作风,折射的是领导干部真正的'家底'。我们都是老党员,遇到任何情况都不能削弱这个家底!"一番话噎得唐支委脸上一阵红一阵白,后悔替三华挨了这通训。不过答应外甥的事还得办。他跑去吧台买单,却被告知支书早付了账。

过了三天，全村土地资源测绘结果张贴公示，三华从被收回的集体地块里找到了他正种着的那块地，一亩一分一，这将意味着要重新发包，神情立马不再淡定。

"收了钱又不办事，哪有这样的道理？"起先三华只是小声嘀咕，接着慢慢变高，最后变成怒气冲冲的嚷嚷。有村民追问到底是谁他也不回应，只管自顾自重复着。他无心抖搂真相，却有意将支书一军。

这时村会计梗着脖子喊："三华，别瞎吵吵，跟我上会计室，有合同等你签字。"

"啥合同？签啥字？"三华一头雾水。

"就是大斜间那块地的租赁合同呀，你把两千块钱租金让支书代为转交，怎么给忘啦？"

三华感到脸上被猛抽了一巴掌，火辣辣的，他装出恍然大悟的样子："看我这猪脑子，忙东忙西还真给忘了。"

跟着上楼时会计又说："支书还表态了，两年期满只要你想继续租，还是先紧你。"

一听这话，三华的脸更加火烧火燎。

作者简介

徐国海，笔名徐邑，江苏东海县作家协会理事。在《微型小说选刊》《人民日报》《青年文摘》《民间文学》《乡土野马渡》《传奇传记文学选刊》等报刊发表作品数百篇。

账 单

一夜之间，郑清亮的头发白了很多。这是他在第二天早上洗漱的时候，猛然间发现而又让他的爱人胡淑琴感到吃惊的事。

"咋了嘛，头发一下子白了这么多？"一贯细心而唠叨不休的胡淑琴一边从前到后地拨弄着郑清亮的华发，一边继续追问道，"是不是因为退居二线……"

吃早饭的时候，爱人似追问又好像是安慰，对着郑清亮说道："退了还操心干啥？你看你，一夜白了头，这……"郑清亮还没等爱人说完，停下筷子，淡定地说道："快六十的人了，头发咋能不白呢？这几天，还脱了不少发呢！"

"爸，这几天你是不是有啥心事？如果有……"

"如果有，你能帮爸解决？你大学刚毕业，还是赶紧找工作，谈对象。"

"爸，您怎么又是旧话重提，哪壶不开提哪壶呀？"儿子有些激动，不满意地顶撞了父亲一句。

本来心事重重的郑清亮经儿子这么一顶，心情一下子坏到了极点，大声说道："自己做好自己的事，咸吃萝卜淡操心！"

"老郑……"

"你还想说什么？"他直直地盯着妻子的脸，"啪"的一下，丢下筷子，疾步走进书房，"砰"地关紧了房门。

"妈，您看我爸是不是……"儿子指了指自己的头，又点了点自己的心窝，低声说道。

"脑子吧？没问题。可能是有心事，堵得慌。自退居二线不再到学校去的这几天晚上，整晚像摊饼子，翻过来倒过去……"

"那您没问……"

"他缄口不言，问急了，他大发脾气。"

"这也不是我爸的一贯风格呀！要不看看心理医生，或者找些朋友、同学聊聊天，或者安排他出去走走？"母子俩说话声渐渐地高了。

"这也难怪，你想，你爸还有三年才退休，猛一下一纸公文下来，他没了工作，没了权力，没了应酬，心理落差太大了，他一时半会儿适应不了……"

"吃你的饭！"郑清亮猛地拉开书房门，像咆哮的狮子怒吼道，"还不是……"

胡淑琴和儿子郑明瞥了一眼又关上的书房门，不再吭声，装作只顾吃饭的样子。

上午十点多，郑清亮从书房出来，给爱人没好气地打过招呼，便去了妹子家。

"哥，您这是……"妹子郑谨刚拉开进户门，一眼看见傻傻地站在门口的亲哥,不由得惊讶而迟疑道,"你这是咋了?愁眉不展、有气无力的样子。快进来。您说,遇到啥事了?"

"唉——"郑清亮一噗嗒坐到了沙发上。

郑谨给郑清亮泡了一杯热茶,放到他面前的茶几上,帮他抚摸着胸口的同时,轻声细语地探询道:"是不是……是不是跟俺嫂子闹矛盾了,或者跟娃……"

郑清亮摇了摇头,一字一顿地说道:"都——不——是!"

"那……哥,您说话从来都不是这么吞吞吐吐、欲言又止的样子。当校长这么多年……"

郑清亮又摇了摇头,伤感地低声说道:"不当了。"

"不当了?为啥?您还没到退休年龄……"

"有人要当……唉!不说了。"他抿了一口茶水,说,"妹子,我想让你给哥再倒些钱。"

"要多少?啥时候?"

"越快越好,三十五万。"说着,郑清亮从包里取出了一个小本本,说,"哥前两年给明明买房的时候,从你这挪腾了三十万,后来,这些同事主动给哥送三万五万的,哥都清清楚楚地记在这儿。本打算在退休前一一地还给他们,可谁料提前退了下来。哥知道,他们送钱过来都是有求于哥的,有想调动到城镇学校去的,有想晋升高级职称的,有想让我帮他们给孩子找城镇好些的学校上学的。哥是个只会埋头工作,不善于拉关系走后门的人,也不是一个见钱眼开而没有了原则的人,更不是一个为了蝇头小利而丧失了党性的人。他们的这些钱救了哥的急,如若不是你嫂子打肿脸装胖子而硬要买房,我也不会收受同事的钱,我也不会活得像今天这么累，这么狼狈……人走茶凉，人情世故就是这个样子，我拿了，不，我借了同事的钱，没有给他们办事，他们会怎么看我，已经无关紧要了。现在最紧要的，就是赶紧给他们把钱还了，了却我的心头事。我如若不还，无异于受贿。受贿一旦成立，哥就毁了咱郑家人老几辈的好名声，也毁了咱明明的前程。娃刚大学毕业，正找工作，过几年还要找媳妇，如果因为……如果因为这几个钱……一天不还给人家，哥心里不安哪！"郑清亮终于泣不成声，说不下去了。

郑谨拿过哥哥手中的小本本，只见用不同颜色的笔工工整整地写着：

2019年个人账务清单

（随时发生随时记录）

3月11日，借妹子三十万元整（交购房首付款）；

5月9日，胡买道老师送三万元，8月26日已还（新民街老黄面馆、蒋崇利作证）；

8月25日，赵曼婷老师送五万元，计划2020年6月底还；

……

至2022年10月31日，尚欠同事、朋友、同学共计三十五万元整（不含妹子郑谨三十万元）。

"哥，真是苦了你，累了你，也难为你了。是这，你喝水，我给敏婕和她爸打个电话。" 说完，郑谨走进卧室，掩了房门，一阵又一阵的手机声响起。

"哥,是这,你约上借钱给你的这些人,明天晚上八点在我家楼下的聚贤阁饭馆来吃个饭,到时候,敏婕和她爸会准时把钱送到,一分不少,由你亲自还给他们。如何?"郑谨出了卧室说。

"好的,好的!还是妹子有情有义,谋事周到。那我……"

看着哥起身的架势,郑谨急忙按压了一下他的膀头子,说道:"吃了饭再走,我给咱炒几个菜。"郑清亮又重重地坐了下来,拍了拍提包,把它当枕头,躺在沙发上一闭上眼睛就睡着了。

……

第二天晚上十点多,郑清亮由妹夫刘继东开车从聚贤阁送回家,他倒头就睡。那一夜,是他自买房五年来睡得最踏实的一夜,也是他自当校长二十一年来睡到自然醒的头一次。爱人胡淑琴事后对人这么说。

作者简介

王剑利,中共党员,大学专科学历,陕西省散文学会会员、陕西省柳青文学研究会会员、长安作家协会文学评论委员会主任。

瓶中鼠

我内弟当了十一年财政所副所长,这次好不容易有个竞聘所长的机会,妻子连续打来电话,催我快去拜访财政局局长刘坚。几番打听,我才问到刘坚局长的住处,赶忙驱车前往。

刘坚是我的大学同学,家居国家级贫困县。他心里实得就像那山沟沟里的石头,说话直来直去,带着浓厚的豫西口音,背地里同学们笑他是"土老帽"。有次,学校组织到乡下春游,正午时分,艳阳高照,同学们坐在河边的垂柳下歇息。"快救人呀,河面上好像漂个人!"不知哪位同学高叫一声,同学们纷纷站起,手搭凉棚望去,看到水面上漂浮的黑影的确像是个人。刘坚二话没说,边跑边脱掉上衣,"扑通"扑进了湍急的河流中,使出浑身解数向前游去。当气喘吁吁的刘坚定睛看他救的是穿着衣服的稻草人时,同学们哈哈大笑。

慢慢爬上岸来的刘坚抹了一把脸上的水珠,感到挺尴尬。看到迎面跑来的班主任李老师,刘坚不好意思地低下了头,喃喃地说:"李老师,我……"

"你没有错,我正要表扬你。"李老师拍了拍刘坚的肩膀,伸出了大拇指,"这个举动,体现了你在急难险重面前,敢于担当,是同学们学习的楷模。"大学毕业后,刘坚和我各奔东西。刘坚分配到乡政府工作,多年来兢兢业业,任劳任怨,熬到了乡党委书记的位置,半年前又调回县城任财政局局长。我到大型国有企业上班,工作勤勤恳恳,勇挑重担,干到了公司总经理的位置。虽在同一个地方,我俩所从事的行业不同,见面的机会并不多。只是听同学说,这个刘坚铁面无情,是个"不食人间烟火"的家伙。能不能办成内弟的事,我心里着实没底。

来到刘坚的家门口,迟疑了片刻,我鼓足勇气,敲响了房门。

"吱"的一声门开了,一个小男孩探出头来,微笑着问:"叔叔,你找谁?""我找刘局长。"小男孩热情地把我迎进客厅,让座,倒茶。我从衣兜里掏出装有一万块钱的信封,轻轻地放到茶几边。小男孩看我一眼,转身向书房走去:"爸爸,来客人了。"

从书房出来时,刘坚左手提着一个用黑布蒙着的鸟笼。

看到多年没见的老同学刘坚,我站起身来,笑呵呵地迎上前去:"刘局长,我是安然,咱俩是大学同学。你还记得我吗?"

"记得呀。"刘坚微笑着说。他信步来到客厅左边墙壁上挂的书画前。

这是一幅立轴莲花工笔画,画面生动传神,惟妙惟肖。一片片大大小小的莲叶上,躺着几滴晶莹透亮的露珠。一朵洁白的莲花,在深绿色莲蓬的映衬下,亭亭玉立,显得格外清秀、宁静、雅洁和妩媚。

"你听说过刘玉清吗?"刘坚指着画作上的名字,心平气和地问。"没有。"我摇了摇头。

"刘玉清是我三叔,在纪检部门工作三十多年,直至退休。"刘坚盯了我一眼,无限感慨地说,"三叔一辈子不抽烟,不喝酒,不穿名牌服装,最大的业余爱好就是绘画,特别对莲花情有独钟,创作了很多关于莲花的画。这幅画,是三叔参加全市廉政书画大赛的获奖作品。"

"三叔真了不起。"听着刘坚的介绍,我不由得啧啧称赞。

"在我被任命为乡党委书记时,三叔特意把这幅画送给我,并在画上方亲笔写下了'敬终如始'四个大字。'莲'的谐音是'廉',三叔的意图,我心里明白,他希望我'清清白白做人,堂堂正正做官'。"

说到这里,刘坚停顿片刻,转身把黑布蒙着的鸟笼慢慢地放在茶几上,小心翼翼地取掉蒙布,就见笼内一只小松鼠在明亮的灯光下蹦来跳去,精气神十足。

"这只小松鼠,平时吃馍块,偶尔吃次肉,就能显出它的本性。"刘坚打开冰箱,取出一个口小肚大且十分透明的玻璃瓶子,瓶子里有几块香喷喷的牛肉。小松鼠两只眼睛直勾勾地盯着瓶中的牛肉,摆动着尾巴,兴奋得不能自已。刘坚把玻璃瓶平放在笼子里,仔细地观察着小松鼠的动静。

小松鼠先是在瓶口闻了闻牛肉的香味,绕瓶子转了一周,又折身回来,贪婪地舔着舌头,目不转睛地盯着牛肉。大约过了五秒钟,小松鼠使劲将头伸进瓶口,津津有味地吃完瓶口那块牛肉。看着瓶子里的那几块牛肉,小松鼠毫不犹豫,继续用力往瓶子里面钻,仿佛吃不到牛肉不罢休。它的身体越拖越长,终于"噌"地钻了进去。

钻进瓶子里的小松鼠,高兴地摆动着长长的尾巴,吃起牛肉来特别有范儿。吃着,吃着,小松鼠的肚子越来越大。只剩下一块牛肉时,小松鼠喘着粗气,瞪着眼睛,足足盯了牛肉有十多秒钟,然后张开大口,狼吞虎咽地吃完了所有的牛肉。

吃完牛肉的小松鼠,费了好大力气,才将头伸出瓶外。可不论怎样努力,它的身子就是钻不出来,只好又把头缩了进去。

"当上局长后,各种意想不到的诱惑扑面而来。一有闲暇,我就看看三叔送的书画,喂喂小松鼠。其实没有别的意思,就是想时时提醒自己,千万别有一丝一毫的贪念。"刘坚的话,掷地有声,脸上写满了正气和威严。

"我……"我一时语塞,张了张嘴,最终没有勇气把内弟的事情说出来。"老同学,请喝茶。"刘坚指着茶几上的茶水,笑容可掬地说。

我如坐针毡,脸涨得通红,说:"没事,我只是想来看看你。"接着,我聊了几句家常,便起身告别。

刘坚从冰箱里拿出一瓶饮料,连同茶几上的信封,塞到我的手里:"天太热,小心中暑。"

作者简介

王茴,河南省作家协会会员,作品散见于《小说选刊》《山西文学》《奔流》《百花园》等报刊。小说《咱的娘》荣获由小说选刊杂志社主办的2019年"武陵杯"世界华语微型小说年度奖优秀奖、《青青湖边草》获由小小说选刊杂志社主办的"白天鹅杯"全国小小说大赛优秀奖。文章入选各种年度选本及初高中语文试卷。出版有小说集《扶贫县长》。

过敏症

张局长的过敏症人所共知，烟酒茶糖、野味美食都会引发他身体过敏，且一次比一次严重。

张局长说，他没被提拔到领导岗位上时就曾经得过过敏症，只要吃点过敏的东西，脸上、胳膊上、前胸后背就会如雨后蘑菇似的，生出一块块红斑，从指头缝到大腿、小腿，再到脚背脚心，从皮肤到五脏六腑，像爬满了虱子、蚂蚁一样，让他如坐针毡寝食难安。不过，一些熟悉的人似乎并不记得他有这个毛病。对这些，张局长解释说，那时他是布衣白丁，没人注意。大伙想想，也是。

刚提副局长时，同事下属请他喝夸官酒。张副局长不好拒绝，只得应允，并按时到场入席，弄得迟来的下属羞愧难当。张副局长并不在意，反倒如主人一般热情招呼。老同事拿起酒杯，轻轻地放在他面前，恳切的目光饱含甜味地看着他，低声问能不能喝一点。他微笑点点头，痛快地说，今天你准备这么充分，盛情难却，怎么也得喝一杯。他看看酒，又看看同事微红的脸，笑笑，你知道我这穷肠子素肚子见不了大世面，毛病多，喝不了好酒，吃不了佳肴，换咱县自产的那种低度酒吧。

第二天一早，老同事打电话询问酒后状况，张副局长嘶哑着嗓子：哎呀，才三两酒就过敏了，鼻涕眼泪一把一把，浑身起红疙瘩，刺痒得要命。老同事忙不迭地道歉。他说："这不关你的事，是我自己的问题，武大郎卖豆腐——人怂货软。以后，可别让我喝酒了啊，再好的酒倒进我的嘴里，就一个辣味，暴殄天物，纯属浪费。"

张副局长升任常务局长后，办公室每周安排一条名烟用作招待用。谁能想到，二十多年烟龄的张常务抽了几口好烟，竟然剧烈咳嗽起来，堆萎在椅子里一个劲地喘粗气，瘦脸憋得发紫，小眼睛迸射着红血丝。办公室主任正在汇报工作，见状忙打电话给在医院上班的老婆。老婆说，那快请领导来检查一下。张常务听见后急忙摆手，说："老毛病了，过敏，一会儿就好。"主任的老婆说："如果是过敏，赶紧吃点药，得戒一段时间烟。"张常务苦笑地看着主任说："哎，你瞧，酒不能喝了，烟也不能抽了，我这是'四大皆空'了。以后，给我的一条烟就免了吧。"自此，张常务一戒就是五年。

张常务就任局长第二周，带着副局长诸人去省里外联，省里的处长们了解到他不抽烟不喝酒，自然不好过于劝他，虽有副局长等人苦陪，却未尽兴。酒过三巡，一个打扮入时的女副处长挨着张局长坐下，淡淡的香水味令他有些陶醉。他不禁闭上眼深吸了一口气，好像端坐在深山古树下吐纳天道。女副处长轻声说道："张局，认识您很高兴，有事我们常联络。过几天，我可能去你们县一趟，我有个表弟做项目，这可在你的管辖之内，以后多多照顾哦。"张局长忙不迭地点头称是，邀请女副处长务必光临，但因为不能喝酒，只好和她共食一只麻辣对虾。然而只过了片刻，他的脸上便起了红点，眼睛发痒干涩。他揉揉眼睛，眼角马上浮肿起来。他"噌"地站起来，跑进洗手间，出来时脸上湿漉漉的。旁边的人诧异地问，他说自己才知道原来香水也过敏，已经呕吐了一阵，用凉水激了激，好多了。再坐下，女副处长已悄然回到自己的座位上。

从省会回来的第四天，女副处长的表弟果然来了。寒暄过后，便请局长去茶室。张局长苦笑一声："兄弟啊，你是不知道，我对茶叶碱过敏更厉害，不管黑茶白茶，绿茶红茶，一杯下肚，马上就会肚子疼拉稀。我问了大夫，这茶叶过敏更厉害，严重的会出现喉头水肿、呼吸困难，或者由于血管扩张导致低血压，甚至过敏性休克。我这个人，穷命鬼，没口头福，什么烤羊啊、海鲜啊、飞禽啊，对我来说，都跟毒药一样。你的事呢，在政策法律允许范围内，我会认真考虑的。"表弟愣怔了一会儿，有一搭无一搭闲扯几句，悻悻然离开了。

张局长退居二线时，自掏腰包邀请班子里的人聚餐。大家惊讶地发现，他端起了酒杯，抽起了香烟，一口海鲜入口，悠然地端起茶水慢慢品味。众人诘问，已无官一身轻的老张笑笑，并不回答。

有细心的人注意到，老张好像鸡鸭鱼肉都可入口，只对辣椒不肯光顾。

作者简介

何万洪，笔名老鹤，河北省作家协会会员。发表作品若干，偶有获奖。

娘　音

汾源县委书记钟志良匆匆赶回二百八十公里外的绛亭县紫家峪老家时，娘已去世多时。院子里人来人往，满是纸幡黑幛。村党支部书记战堡正招呼人帮忙。他是钟志良发小，还有一个身份——红白理事会会长，是村民信赖的人。

娘身患肝癌，发现已是晚期。娘执意从县医院回到偏远的山村老宅，说这里才是她最好的归宿。把娘送回老家，钟志良不时回来看望。对娘的离去，家人早有心理准备，但没料到这么快。

钟志良打算今天上午开完县常委会，安排好几项重要工作，就请假回家看望娘。常委会刚开完，他便接到高副市长电话说："汾源县的河道生态公园建设工程，是不是可以考虑交给省城金昊公司来做，这家公司可是大有实力，业绩不凡，这几年大工程做了不少。不瞒你说，这可是省政府张秘书长小舅子开的公司，交给他不会错，更不会亏待你，呵呵呵……"钟志良感到惊讶，会上刚通过的事项，还没向市里请示，还没走审批程序，高副市长就知道了。钟志良还在纳闷,就见高副市长的秘书孙琦领着一个脖戴大金链、身挎黑皮包、腆着大肚腩的人,大摇大摆走进自己的办公室。那人正是金昊公司总经理陶金昊。孙琦寒暄几句,借故离开了办公室。

陶金昊说:"高副市长经常提起钟书记,张秘书长更是表示过,钟书记今年才四十五岁,是市里重点培养对象,前途无量。"然后,侧身看看听听门外无人,他从挎包里掏出一个几块砖厚的牛皮纸袋,按在办公桌上:"书记莫嫌少,初来乍到,这只是见面礼。"又意味深长笑了笑,"来日方长,后会有期。嘿嘿,告辞!"不等钟志良推辞,赶紧起身走人。

这时,姐姐来电话:"志良快回来,娘情况不好!"

汽车在蜿蜒曲折的山路上奔驰。时近中秋,鸣蝉在路两边茂密的灌木丛聒噪。钟志良心急如焚,恨不得插上翅膀立刻飞到娘身边,娘见到他,定会马上好起来。小时候,在山林里,娘带着他和姐姐挖苦菜,娘埋头挖菜,志良贪玩,拉着姐姐一会儿摘野草莓、逮蝈蝈,一会儿又去追松鼠,一会儿又躲藏起来吓唬姐姐,不觉中走远了。姐弟俩意识到娘不在跟前了急忙"娘、娘"连叫几声,不见娘回应,急得大哭起来。也就是从那时起,娘说,遇到难处,你就喊娘,娘会有感应,会来帮助你的。酷爱看戏的娘,懂得很多道理。自从钟志良做了县领导,每回见娘,娘都要给他唠叨《包拯》《于成龙》等戏曲故事。

钟志良多么希望能把娘唤回来,他抚摸着灵柩禁不住哽咽起来。过了一会儿,姐姐见钟志良稍微平静下来,说:"这几天,娘办了件大事。"

钟志良问："啥大事？娘走之前，留话了吗？"

姐姐哭起来："娘早上突然清醒了，喝了碗米汤，让我给梳洗一新。娘说最放心不下的就是你，官做大了，权也大了，稍不注意，就会犯错误。娘让我和战堡多多提醒你！"钟志良急忙问："娘走前办了啥大事？"

姐姐欲言又止。这时，战堡手拿执事单走进来把姐姐叫了出去。这档口，迎来送走一拨又一拨前来悼唁的亲友和同事，不觉已是天黑。

钟志良无心吃晚饭，拿了母亲常用的饭碗盛好饭菜，端放在母亲灵前。跪在草铺上，看着母亲慈祥的遗像，泪水再次模糊了钟志良双眼……

不知过了多久，母亲竟然出现在面前，她用干枯颤抖的手抚摸着他："良娃，听娘的话，干干净净做人，清清白白做官！"

钟志良猛然惊醒，恍惚中竟然做了个梦。想到上午在办公室发生的事，他感到后脊梁一阵阵冒冷汗，赶紧掏出手机，拨响了市领导的电话……

三日后安葬了母亲，步履沉重、略显疲惫的钟志良走进会议室，主持召开县常委扩大会议。

"同志们，三天前，就在我娘病逝当天，我向市委、市纪委电话报告了我收到贿赂的情况，上级领导考虑到我有丧事在身，准许我办完丧事后，再向组织详细报告。我本打算今天一早去市里交代问题，但又一想，我们还可能有更多掌管权力的干部，正在成为被围猎的对象，我钟志良不能只顾自己，应立刻行动起来，挽救更多的干部！经请示市委同意，今天，我们开展一场深刻的自我革命！"

钟志良环视一下会场全体干部，目光坚定有力："今天的常委扩大会议，县委、县政府有关职能部门负责人都来了。只有一个议题——督促收受贿赂的同志向组织报告并向县纪委上缴赃款。上级明确指示，对在限定时间内主动交代问题、积极退款的，既往不咎！截止时间是明天中午十二时。要求会后立刻传达。"

参会人员面面相觑。第二天，县纪委收到除钟志良外的退赃款七十万元，涉及县局两级干部六名。钟志良终于松了口气。但事情远未结束。围猎者的围猎手段不会这么简单。就在汾源县召开常委扩大会当天，省、市纪委收到同样内容的举报信："钟志良让母亲代其收受礼金二十万元。"更让人难以置信的是，还附有照片：钟志良母亲躺在炕上半坐起身子收受钱款。这照片显然是偷拍的，角度不正，但细节清晰。市纪委当即请示成立调查组，按照省纪委书记批示立刻进行初核。调查组决定先从钟志良身上突破。当钟志良报告完问题，起身欲离开时，却被留下来。

问话人员一再提示："钟志良同志，是不是还有遗漏问题？"

钟志良斩钉截铁："没有。"

几次三番下来，钟志良感觉被质疑，很是屈辱，情绪开始激动。问话人员感觉钟志良抱有侥幸，避重就轻，企图蒙混过关，一下子降低了钟志良在他心中的形象。

就在问话人员准备请示组长，拿出照片给钟志良来个下马威时，一名工作人员匆匆进来把他和记录人员叫了出去。过了半小时，问话人员把钟志良请到隔壁一间工作室，墙壁上贴着"忠诚、干净、担当"六个鲜红的正楷大字。

问话人员微笑着给他端来一杯茶，这下，钟志良更加摸不着头脑。问话人员朝前指了指，钟志良这才注意到前面桌上放着一台录音机。只见工作人员摁下按键，里面竟传出钟志良最熟悉的声音："我是钟志良的娘，已无多日……今儿有个脖戴大金链子的，背着志良送二十万块钱，说是志良朋友。志良没有这样的朋友！……我担心、担心他受不了诱惑……请组织……多多帮助他，时常提醒他，做清清白白的官……钱，在村党支书和会计那里……请派人取走……"录音带是用挂号信寄出的。邮戳日期是娘去世前一日。

听到娘亲切、吃力的声音，明白了娘生前办的大事，钟志良再也抑制不住，号啕大哭……

过后，钟志良请求，把录音复制一份给他。经请示，省纪委书记当即表示同意："把这录音当作廉政教材，让我们的干部，都听听娘的声音。"

一年后，省政府张秘书长贪腐案件办结，多名干部相继落马。与此同时，当年被挽救的汾源县干部得到提拔任用。钟志良提任市委常务副书记。

当晚，钟志良打开录音机，循环播放听了娘的声音，脸上笑着，泪水淌着，不觉已是天亮……

作者简介

王鼎，山西绛县人，山西省作家协会会员，中国微型小说学会会员。曾在鲁迅文学院高研班学习。全国小小说高研班学员，首届金麻雀作家班学员。作品在《小小说选刊》《微型小说选刊》《微型小说月报》《火花》《金山》《辽河》等发表。作品入选多种年度选本及中学语文阅读理解试题。《娘根》获第十六届中国微型小说(2018)年度奖、《作家新干线》首届全国短篇小说有奖大赛二等奖。

风　水

某单位位于一条巷子的尽头，巷子算是条断头路。新来的局长姓杜，五十岁的年纪，一来就让人在单位院子旗杆前面正对大门的地方，放了一块方正的大理石。

一段时间后，单位要按照上级现代化治理的要求改造办公场所。中标的工程公司老板姓孙，是个热心肠，看到旗杆前面摆着一块大理石不伦不类的，索性移走大理石，为旗杆砌了一个方正的旗台，看上去，比原先倒是规整多了。

工程完成的第二天，杜局长提包来上班，恰好孙经理也在，他有些讨好地向杜局长介绍他新砌的旗台。本以为会得到一番夸赞，哪知道杜局长嘴角微抖，什么话都没说，径直进了办公大楼。

孙经理正有些摸不着头脑，却见对接工程项目的后勤负责人快步走出办公大楼，一看到旗台，眼睛都直了，把愣在一旁的孙经理拉到一边责问道："我早上开车进来倒还没注意到，谁让你把大理石移走的，事先都不跟我商量一下，前期设计图上也没说有这项工程啊。"

"那块大理石很普通，而且建个旗台更像样子，放心，费用算我的。"孙经理诚恳地说道。

"你呀你，亏你是搞工程装修的，风水都不懂。那块大理石可是杜局长请的风水牌。"

"风水牌？"

孙经理更加疑惑了，这次办公场所改造工程是他担任项目经理以来接过的最大工程，本想着一炮打响，哪知道似乎捅了娄子，成了哑炮。

"小孙啊，你到底年轻。你看看咱们这个单位的位置，直面断头路，万箭穿心，因此杜局长才寻来一块风水牌挡住煞气，听说——"后勤负责人说到这里，左右看看，进一步压低声音说，"别看大理石风水牌普通，听说还开过光呢。"

孙经理一听，整颗心都凉透，一拍脑袋，都怪自己年轻，好心办了坏事。

见到孙经理一脸懊悔，后勤负责人有些于心不忍，拍拍他的肩膀宽慰道："你干活我是放心的，刚刚杜局长跟我说接下来的工程不跟你合作了。不过你放心，等杜局长消了气，我来想办法帮你弥补一下。"

孙经理是从哪里跌倒就从哪里爬起来，他想出个主意，花重金去买了一块宽五米、高一米的青灰太湖石，在杜局长与后勤负责人的默许下，准备放置在旗台前。

没想到，太湖石还在运输的途中，杜局长就因为经济问题被抓了。

孙经理这下更慌了，他总觉得杜局长"进去"，跟自己有莫大的关系。在新来的局长走马上任第一天，青灰色太湖石就及时送到，立于院中，正对大门，与单位办公楼灰白色的外墙倒是挺搭配，显得素净雅致。

新局长四十出头，姓李，一脚踏入单位院子，看到当头一块巨大的太湖石，不由得内心一紧。刚好孙经理又在旁边，笑嘻嘻对着李局长介绍道："领导，这块太湖石来历不凡，放哪里都是浪费，想来也就咱这个单位配用这个。不过您放心，这个费用不包括在工程款里，算我头上。"

李局长道："既然送的那就不要浪费，只是放在大门口太挡事，群众进来办事，还得绕着走。后院有个景观池，把这个太湖石移过去岂不更好？"

"领导，这是一块风水石，可别浪费了。"孙经理小声提醒。

见李局明显不悦，孙经理立马改口道："后院好，太湖石配水景，办公累了，望一望，心情也会变好。"

于是放在门口的太湖石移到了后院，前院除了旗杆旗台，又成了清清爽爽的模样。只是孙经理心头多少有些不甘，那么好的风水石，放在后院多浪费，早知道，送一个便宜的假山石就行了。看来，这个李局长啊，到底是年轻，跟自己一样，不懂风水！

过了两年，李局长高升，一时间成为人们议论的焦点。

李局长年富力强，工作出色是公认的，但也有为数不少的人说李局长是个真正懂风水的人。把太湖石从门口移到后院，叫作前有挡煞牌不如后有靠山石，因为挡煞牌搞不好连运气都挡了。因着这个传闻，搞工程的孙经理发了一笔横财，各色人物都来寻他买太湖石，这颇让他有些哭笑不得。

李局长的老同学们找了个时间，来办公室祝贺。谈笑间，有人问起风水的事，李局长无奈地一笑："我要是说我不懂风水，肯定会有人不信，今天当着老同学的面，我就来给你们看看我的'风水'吧。"

众人屏住呼吸，看着李局长大步走向一个木质立柜，待柜门一打开，众人惊愕。

只见柜格间满满当当摆了少说七八十本笔记本，李局长随手拿出一本说道："工作十五年，每年至少记满五本，这八十本民情日记是我一路走来的记录，也是我全部心思所在。如果说真有'风水'，八十个民情笔记本便是我的'靠山石'，单位门口'为人民服务'的标语便是我的'挡煞牌'。"

李局长的一席话说得众人颇有些面红耳热，但同时，各人的心头，生出由衷的敬佩之意。

作者简介

张迪，江苏省民间文艺家协会会员，作品散见于《民间文学》《乡土·野马渡》《上海故事》《山海经》《民间故事选刊》《民间传奇故事》《昆山日报》等刊物。发表、获奖的各类微型小说、故事作品计百余篇。

健　忘

最近，我的健忘症犯了。这毛病让人措手不及。

老婆丽莎说："吃饭了。"我端起茶几上那碗拨面鱼鱼儿"呼啦啦"吃起来。丽莎拿着一双筷子站在我身后惊讶地问："先进，你不是吃了吗？这碗是我的。"

"是吗？我刚吃过了吗？你确定？"我侧身一看，碗上的确印着荷莲鱼戏图。"哦，这碗是你的。那我的呢？""洗了。"我转身往厨房张望，我的素胚大碗侧立在消毒碗柜里，干净得犹如白月光。

"那么勤快干吗？"说着，我拎着公文包出门了。

在单位，秘书给我倒了一杯水，要我批示文件。拿起笔，糟糕，我忘记自己名字的连笔字怎么写了，先写"7"还是先写那个"4"？秘书说："先主任，你怎么用左手写字啊？""哦、哦，怪不得感觉怪怪的。嘿嘿。"秘书说："还以为你肌肉拉伤了呢。"我开玩笑说："还脑子拉伤了呢。"正准备喝水，发现秘书拿着签好的文件没走看着我。我以为自己忘记了什么，装着若无其事的样子问："干吗看着我？"说完，我就莫名地惶恐起来。秘书环抱起胳膊说："有件事，不知道该不该跟先主任讲。""讲啊，干吗吞吞吐吐的。""听说王美丽又要请假，说她婆婆病了。""哦，那按请假流程办理嘛。""先主任，上礼拜她妈妈从市里来县里看病刚请了半个月的假，你忘记了？""哦，是吗？"我真的搞忘记了。"我发小开了一家美容院，告诉我上礼拜看见王美丽天天做美容套餐，一做就是半天时间。她这一天工作老出错，有活光让我顶着，现在可好，连个人影都找不见了，工作怎么干？""哦，都有底呀，怎么能重复请假？"秘书空手做了个洗牌的动作，从里面抽出一张，不言而喻。"好的，我了解了。"

刚喝一口水，老同学夹着黑皮公文包，象征性地敲了三下门进来了。掏出烟，我预备伸手接，刚要接，想起了什么，说："哦，我忘记了，我不抽烟。"自打戒烟成功后有十五年没抽烟了，差点因为健忘破功。老同学进来后顺势掩了门。

"上次……"

"王柳，知道吗？我早上吃了两碗拨面鱼鱼儿。"未等他说完，我先声夺人。

"哦，怎么一大早食欲这么好啊，是丽莎做的饭太好吃了吧？"

我夸张地挥挥手，说："她做饭还是跟我学的，是我吃完饭，忘了，端着丽莎的碗又吃了一碗。你说可笑不可笑？这就是人家说的，能吃几两干饭，哈哈。"

"啊，怎么会忘了呢，能吃得下？你不是故意给老同学撒狗粮吧？""嗨，感觉有点撑，没办法，我用脑过度，忘性大。"

"那……食堂招标……"老同学欲言又止，等着我接下文。听到这句话，我立刻像被锥子扎了一下，从椅子上一蹦三尺高，火冒三丈地拍桌子，说："我们的食堂招标了？我这个一把手怎么不知道这回事啊！完了我问问要走什么流程告诉你。你好申报。"

"呃……那行，恭敬不如从命。"我送老同学到办公室门口，客气了两句，目送他夹着来时鼓囊囊的黑皮包离去。

瘦高个儿副主任缩着脖子进来了，可能刚才发火把他吓得不轻。果不其然，王美丽崭新的请假条从对面呈了过来，上面中规中矩地写着"请假条"三个大号黑体字，像三个夹人的螃蟹递到我手里。下面就简单一句话"家中有事"，换行顶头写着"请批示"，最后是年月日，落款处签着"王美丽"的名字。那几个歪爬爬字像倾倒的建筑垃圾，我的眼睛看着看着就掉到陷阱里去了。我立刻提高了警惕，脑神经紧急集合。我说："公职人员不能把'家中有事'作为请假理由，要写详细，去哪儿干什么，否则无效。这是其他单位刚整改过的问题。这几天，纪委来检查，你说第一个就翻到'家中有事'，重复别人刚整改的问题，纪委会怎么处理？"说"纪委"两个字时，我狠狠敲了两下桌子，"审核要严格，这是你的责任，也是在保护我们的同志啊。懂吗？"我语重心长地说着，"你的"和最后两个字说得很轻，轻得连我自己都听不见，像两只蚊子哼哼。"按照纪律规定，审核好再给我看。"副主任脸上变换着颜色，不停地应声，带上门出去了。

我知道，对于他们，喊是没有用的。你不急，他们才能急。

副主任一出去，我就赶紧反省自己刚才的态度、语气有没有过重。复盘完，我发现除了敲两下桌子，其他都没什么。坐在办公室模拟平时的工作流程，练习着怕健忘的肌肉。想起来的工作思路、讲话提纲，赶紧拿笔记下来。

丽莎打来电话说，要我买一把芹菜。她说你生日快到了，准备多做点菜。还数落我把健忘传染给了她，买肉的时候忘记了买菜，到家才想起来。我满口答应，心里惊呼，自己的生日居然也搞忘记了。

一位老人来上访。未等他开口，我把事情的来龙去脉、前因后果讲了个明明白白、清清楚楚，并告诉他我已经安排了，以及怎么安排、由谁负责的。老人耐心地听我说完，说："劳烦一把手惦记着，经过你们的协商和帮忙，赔偿款已经赔付到位。今天，我专程给你们送锦旗来了。"说着，展开了一面锦旗，上面整整齐齐写着八个大字"纾困解难，为民做主"。门口有围观的同事，大家提议合个影。副主任说："先主任，您的健忘症好了？"我一拍脑袋，不是吧，我竟然忘记了自己有健忘症。

买好芹菜，我拖着沉重的脚步回家，打开门，看到桌子上已经有一把芹菜了，火不打一处来。"有干吗还要我买？买多了蔫巴不是浪费？"听到我的吼叫，老婆丽莎在围裙上连连擦手赶忙跑出来说："你的健忘症好了？""什么健忘症？""你不是健忘吗？我怕你忘了，专门跑出去买的。""我是健忘，又不是傻！"老婆丽莎抹了眼泪抱怨："你啥态度啊？"我连忙道歉说："对不起，我以为还在单位。"说着，在脸上抹了一把，翻了个白眼加一副夸张的讨好样，说："这下满意了吧？"

奇怪的是，同样的事情第二天又上演了。

丽莎这回质问道："你吃饭也不看看端着谁的碗。"

"哦哟哟，你这话提醒了我。"我赶忙换好衣服，到门口穿鞋子，拿上公文包。

"你出去呀？""上班啊！""今天礼拜六。""礼拜六？不调休吗？""不调休啊！""哦，哦，忘记了，习惯了，礼拜六就不能上班吗？不调休就不能去单位坐一会儿吗？真是的。"

说着，我踏着晨风和朝露出门了，一道霞光照耀着我，心里亮堂堂的，健忘的事被抛于脑后。

此刻，我只想欣赏一会儿风景。

作者简介

高晋旭，山西绛县人，中国微型小说协会会员、山西省作家协会会员。作品发表在《山西文学》《小小说月刊》《辽河》《百花园》《意林》《当代青年》《故事会》等。多次被《小小说选刊》《微型小说选刊》《微型小说月报》《传奇·传记文学选刊》选载。获2020年、2021年《山西文学》首发作品转载奖。被评为《微型小说选刊》和百花洲文艺出版社"优选作者"。

陈栋的坚持

陈栋是邻近几个村的电管员,负责一百七十三户人家的抄表收费工作,每月走村进户地跑,一干就好多年了。其实这么大的片区,原先是有两个电管员的,其中一个只干了半年就嫌收入低,干不下去了,又找了一个也只干了三个月,因挪用电费,补不上,没法干了。陈栋就一个人接手了这么大的摊子。电力公司说合适的话要增加个人,但一年多了,都没找到合适的人。陈栋负责的片区,每月能收取三千多元电费。他把这些电费每周都按时交到电力公司财务,从未出过一分一厘的差错。

陈栋在村子里算是个文化人,初中毕业,精通傣族、佤族、拉祜族三种民族语言,这也是当初电力公司选中他的原因。稍加培训,他就光荣上岗了。其实村里像他这样年纪的人,大都在附近一些建筑工地打工,每月可以挣两千多元工钱补贴家用。倒是陈栋,几年来领着公司发给他的几百元工资,日子过得清汤寡水。别人说他笨,说他傻,但他说干这工作有意思呢,他喜欢。这还不算，这一亩三分地的方圆，陈栋还算个不大不小的知名人物，因每月有进城交电费的公务，要是谁家没钱交电费，或哪家叫他进城时帮捎个什么东西的，他都乐意垫上自己的钱帮忙，所以，他那点可怜的工资往往没折腾几下就见了底。

在藤连藤瓜连瓜、抬头不见低头见的寨子，人缘不错的陈栋也得罪过人呢，那人是陈栋的大哥。那天他大哥赌输了钱，喝高了，知道陈栋刚收了电费，就找上了他，叫他先借给点钱救救急。陈栋不干，他就趁着酒劲骂开了。

"不就是个破电管员么，有什么了不起的，这点小忙都不肯帮，算哪门子亲兄弟，呸。"

"哥，不是我不帮你，而是这钱不是我的，是公家的电费啊，动不得。再说了你又不是拿去做什么正道事，借你钱只是害你。"

"你懂个屁，不想借就不借了，哪那么多废话？你那几个小钱我还看不上呢。我要扳些本回来，到时候，你别眼红。"亲兄弟翻了脸。

每月从陈栋手上出进都三千多元的票子呢，只是那不属于他的钱他从没动心过。多年来，他只简单地知道，每月家家户户把电费收上来，再按时交到公司，那是他的工作，那些都是公家的钱，是不能据为己有的。

陈栋就这么坚持着，但接下来的事情几乎击垮了他所有的坚持。在那年的高考中，陈栋的女儿成了大山里的金凤凰，以优异的成绩考上了一所大学二本学院，这对陈栋一家来说无疑喜忧参半，喜的是女儿十年寒窗，终于有所收获；忧的是开学要一万多元的学费。这可愁坏了一家人。

离开学的日子越来越近了，一家人东拼西凑也只凑到了将近一万元，加上各种开销，少说也得给她准备一万二三吧。家里值钱的东西都变卖得差不多了，陈栋天天在外奔波，腿几乎跑断了，空缺的学费还是没有着落，夫妇俩那个愁啊，简直夜不能寐。

"他爹，你手头上不是刚好收了电费么，要么就先垫用一下，让娃先上学再说。"

"不行，你这头发长见识短的女人，那可是公家的钱，是动不得的。"

"那你看现在怎么办吧，开学都一个多星期了，娃像丢了魂似的，成天待在家里，看她那个伤心样。"陈栋的老婆暗暗抹眼泪。

陈栋犹豫再三，还是走进了哥哥家。他前天刚把公司补给他的一万多元输电线路通道清理和青苗补偿款送到他手里。

"哥啊，能不能先借我三千元交娃的学费？"

"哟，大电管干部还会求人啊？告诉你，没有！"

"你前天不是刚领到了公司给的一万多元青苗款吗？"

"那我有用场了，老弟啊，不是哥不帮你，是你绝事做在前。"

"哥，我实在没办法了，学校都开学好几天了，娃再不报到，怕读不成书了。"

"你兜里不是有三千多元现钱么，先让娃入了学，再慢慢还上。俗话说干哪行吃哪行，我看天下没有比你傻的人了。"

"那是公款啊，动不得。"

"你不就先垫用下吗，到时候还上哪个晓得？再说你不是还有工资吗？也可以用工资抵啊。"

"那性质不一样，绝对不行的。"

"我说你还真是个死脑筋不是,抱个金娃娃不知道使啊,那你就等着让你娃辍学吧。"

借钱无果,反倒受了一顿奚落,陈栋心情郁闷地回到家。

"爹,借到了吗?"

"会有办法的,会有办法的。"他像安慰女儿,也像安慰自己。

后天是女儿报到的最后期限,她必须明天早早从家里出发。

那晚,陈栋整夜辗转难眠。他把刚收齐锁在柜子里的电费拿出来数了三遍,没错,是三千六百一十八元。他对着几张不多的百元票搓了又搓。

"就先垫用下吧,先让娃进了学校,再想办法补上。"一个声音在他心底嘀咕。

"不行,这是公款,是不能占为己用的,只要伸了手,就再难干净了。"另一个声音在挣扎。

"娃的前途最重要,就先支用下吧,自己不说没人知道的。"

"那是贪污犯罪行为,单位信任我,我怎么能那么做呢?"他看着墙上公司颁发给他的几张奖状发呆。

……

陈栋被折磨得没一点睡意,他干脆不睡了。

"他爹,你一晚没睡啊,看你抽了那么多烟。愁是没法的,身体要紧,要不咱娃不读了?" 一大早,女人被厨房的烟味呛得拼命地咳嗽。她掩饰着快要流出的泪水。

"不行,无论如何娃今天必须出发,不足的学费我会想办法的。"陈栋想发火,但看到女人的样子还是忍住了,他是男人,是这个家的顶梁柱。

秋雨连绵，陈栋和女儿到了县城，他又找了几个老乡，也只借到几百块钱，离通知书上的数字还是有很大的差距。只要他愿意，他包里有三千六百一十八元电费，添上就绰绰有余了。

陈栋像丢了魂似的，整个人恍恍惚惚。

"爹，要不我不上大学了，我外出打工，就可以挣钱供弟弟读书，还可以买好烟给你……"

"什么话，学费的事不是你小孩子该操心的，说什么爹也不会误了你的学业的。"

父女俩在车站门口徘徊了半天。

"先买车票吧，待会爹把学费给你存进卡里。"

他终于下了决心，处分就处分吧，先让女儿入学了再说。买好了女儿的车票，陈栋做贼似的进了银行。

"陈栋哥，你存钱啊？" 一个熟悉的声音差点把陈栋吓个半死。

"是呢，啊不、不、不，有点事，有点事。"仿佛做了什么见不得人的勾当，陈栋看到是电力公司的工会主席小王，惊出了一身冷汗。

"陈栋哥，你这怎么了，是不是生病了？看你满头大汗的。这是你女儿吧，在哪读书啊？"

一提这事，勾起了陈栋满肚子心酸。"这不刚考上大学，学费没凑够，还没报到呢。我带她来这儿看看，能不能办点贷款。"陈栋急中生智，撒了个谎。其实他自己清楚，家里什么抵押物都没有，银行是不会贷给他的。

"陈栋哥，这么大的好事你怎么一个人闷着，你也算是我们公司的半个职工，公司有助学资金啊。你女儿考了那么好的学校，学费的事我们也应该出份力啊。走，去公司填个申请表，可以领两千元助学资金。另外我还可以帮你向县总工会申请一笔，也可以发动公司职工给你捐点款嘛。"

"真的吗？公司真能帮我？"陈栋攥着装有电费的挎包，满是汗水，指甲陷进了肉里都不知道痛。

"是真的，陈栋哥，你是我们电管员的楷模嘛。"

"好的好的，我先到财务室把电费交公了再来办公室找你。"

陈栋心里像流过一股暖乎乎的电流，放下了千斤包袱，他轻快地向公司走去。今天一片艳阳天。

作者简介

李祝英，女，广东深圳人，退休后经常参加全国各地征文活动，荣获东莞市虎门慈善口号征集活动二等奖、《广宁市民文明公约》征集活动一等奖、江西省"福彩情"有奖征文二等奖等多个奖项。

花瓶里的硬币

冯超的儿子在宣传部当科长已经好几年了,至今仍在原地踏步。父亲很着急。为了让儿子跃上新台阶,他决定去求老同学肖杰帮忙。

肖杰和冯超打小在一个屯子里长大,到县城读高中时,两人是一个班的,又住一个寝室。工作后,肖杰很有出息,当上了县委副书记。

"银行卡,我办完了,去肖书记家带上。"妻子说。

"人家要是不收,多没面子!"冯超犯了难。

"不会不收。"

"有把握?"

"上回,咱俩去他家,你没看到客厅的茶桌放着一个花瓶吗?"

"见到了,这有啥奇怪的?"

"谁家的花瓶放茶桌上?里面没插花,也没水,却有一枚硬币。"

"硬币?"冯超瞪大了眼睛。

"是硬币。你俩唠嗑时,我伸头看到的。我琢磨着,花瓶里面的钱,就是个暗号。"

"别瞎猜了,兴许是人家随手放进去的。"

"不可能,花瓶里放了钱,还特意搁在显眼的地方,明摆着是有意给外人看的。"

听了老伴儿的一番话,冯超也犯了嘀咕。有可能啊,人要是当了官儿,胃口就大了。

转念又琢磨,肖杰可不像是这种人呀。

礼拜天的晚上,冯超忐忑地按响了肖杰家的门铃。

"哎呀,老同学来了!欢迎,欢迎!"肖杰面带微笑,热情地让冯超坐在沙发上。"嫂子咋没来?"他边倒茶边问。

"去儿子家了。蒸了点儿馒头,给孩子送去。"

"哦。宣传部的工作挺忙,你儿子干得不错呀!性格随你,踏实,认真。"

"老同学,不,肖书记,我这次来,主要是为了儿子。他在宣传部待了好几年了,是不是也该挪动挪动了?请你帮帮忙,安排个合适的地方!"

"调整干部,是组织部的事,人家有用人的原则和标准。放心吧,只要是人才,前途是不会耽误的。当然了,老同学的孩子,我会格外关注的。"

"谢谢了,老同学!"冯超端起杯,呷了一口茶,"肖书记,明天是农历三月十三,是你的生日,我来也没带什么礼物,拿了个银行卡,你收下吧!密码是你的生日。"说着,便掏出卡,放在了茶桌上。

"我说冯超啊,这个可不行!我不能收!"他盯着茶桌上的花瓶说道。

冯超也随着肖杰,把目光聚焦到了花瓶上。

肖杰把花瓶小心翼翼地拿到冯超跟前,说:"你瞅瞅,花瓶上是什么花?"

"荷花。"

"对呀,荷花,是出淤泥而不染的荷花。"肖杰盯着在几片荷叶缝中挺出水面亭亭玉立的荷花,感慨地说,"你再看看,瓶子里有什么?"

冯超伸长了脖子:"一枚硬币。"

"请你把硬币掏出来。"

冯超不解地盯着肖杰,便低下头,费劲儿地把手伸进花瓶里,抓住了硬币,可怎么也拿不出来。反复几次都失败了。他额上渗出了细密的汗珠。

"拿不出来吧?你把钱放下,看看手能否抽出来。"

冯超放下了钱,没费事,手就抽出来了。他立马感觉轻松了许多。

"我说冯超啊,你是个聪明人,这道理不用我说你也会明白的。"肖杰平静了一会儿,又说,"这个花瓶是父亲留给我的,它时刻在警示着我,要清廉从政!"

冯超盯着花瓶,若有所思,深情地点了点头。

"花瓶的实验你做完了,那么这个银行卡……"肖杰拿起了卡，闪在冯超眼前。

"我拿回去！"

"这就对喽！"肖杰很高兴，把卡递到了冯超手里，"明天，我过生日，既然老同学没忘，就邀请你和嫂子到我家来。你弟妹去女儿那里了，她明天一早就回来。叫她炒几个小菜，咱哥俩喝上一壶，叙叙旧。"肖杰盯着冯超，严肃地说，"不过，你们千万别带东西来，要是带了，怎么带来的，就怎么拿回去！"

"好嘞！"冯超爽快地答应了。

作者简介

臧世翮，吉林省作家协会会员，作品曾在《萌芽》《文学报》《中国校园文学》《青年作家》《百花园》《星火》《黄河文学》《三月风》《椰城》等报刊发表。多篇作品被《小小说选刊》《微型小说选刊》《青年博览》《杂文选刊》等转载。有作品入选学生阅读材料和考试试卷。出版微型小说集《圈里圈外》。

洪水改道

瓢泼似的大雨下了一天一夜,是河沟村几十年未见的山洪暴发。河沟村村支书老魏穿着雨衣,看着南山滚滚而下的洪水,赶紧把村里的几名干部召集了过来。

老魏抹一把脸上的雨水,盯着他们着急地说:"我已经仔细察看过了,洪水这么淌下去,一定会对咱村未完成的新建社区造成巨大破坏,现在必须让洪水改道,沿着另外的方向下泄到北河里去。经过我的观察研究,改道的路线有三条,一条从苹果园里走水,一条从十亩猕猴桃地里走水,还有一条就是从那片瓜地里改道。三条路线,我看就从猕猴桃地里改道吧……"

老魏的话音刚落,村副主任立刻回应说:"那十亩猕猴桃是付金的,人倔得很,洪水冲了他的猕猴桃,他还不闹翻了天?"其他几个人也齐声附和。老魏说:"这个……有我哩……先让洪水改道了再说,别的已经来不及了,洪水逼人呢……"随后,他便用手机紧急呼来了村里的几辆挖掘机,并监督着让南山冲下来的洪水，一下子改道到了猕猴桃地里。只见片刻之间，滔滔洪水就把猕猴桃地给冲毁了。

正在这时，一位老汉披着雨衣心急火燎地赶来了。看到被洪水冲毁的猕猴桃地，他捶胸顿足呼叫起来："我的猕猴桃地呀……"众人一看呆了。有人赶紧过来问："大叔，这猕猴桃地什么时候成了你的了？"老汉一把鼻涕一把泪地说，那个付金要到城里做买卖，就把这块猕猴桃地转包给了他，前几天才签了合同的，他可是花了大价钱的……周围的几个人赶紧说：要知道是这样，就从其他几个地方改道好了，你怎么不早说呢？

原来，这匆匆赶来的老汉，竟是老魏的亲爹。

众人这么一说，老汉也急眼了，冲着老魏吼道："你小子胳膊肘往外拐，明知道这地我已转包了过来，怎么还做让自家人吃亏的事……"老魏不紧不慢地回道："爹，我是村里的支书，一把手，这样的事自己家不带头，能有什么说服力？村里的人还不戳我的脊梁骨？以前，什么事你不都是积极支持我？现在怎么就犯糊涂了……"其他几个人也赶紧安慰老汉说："大叔，您放心好了，这地里的猕猴桃被洪水冲走了，村里会给你补偿的……"

终于，老汉骂骂咧咧地走了。

其他几个人赶紧对老魏说："大叔转包这地也不容易，猕猴桃都结果了，这补偿标准一定要提高……"谁料，老魏把眼一瞪："提高？怎么个提高法？咱村都制定了对占地附着物的补偿标准了，这洪水冲走的猕猴桃也一样，再提高，不是故意打我的脸吗？我可给你们说，这次洪水改道冲毁我爹的猕猴桃，就按照村里占地附着物的补偿标准核算，多一分都不行，我老爹那里有我去做说服工作哩……"

说到这里,老魏又看一眼大家,补充一句:"知道我为啥非让洪水从我爹转包的地里走吗?"众人全都疑惑地看着他。"我这样做,就是为了给村里省去许多麻烦,顺带做个表率,如果因此把补偿标准提高了,那村民的意见更多,村里今后更不好做这方面的工作了,还不如从别人家地里走呢……"老魏说得实实在在。

众人你看看我,我看看你,终于明白了河沟村领头人老魏的良苦用心。

作者简介

张伟,曾以笔名张玮、孤亦寒(多用张玮)等在全国几十种报刊发表作品。获多种奖励,并有作品被选载到各种版本的刊物。

春·叶

只要善，就是天使，就是好时节
你若知清浊
请将躲在四处旮旯里的腐枝败叶冲刷干净
你若知冷暖
请将绿色尽情挥洒到农家人的心田
你若知阴晴
请将清秀二字写满故乡

——摘自王纪峰诗《春雨，牵着你的手》

戒　棍

老郝家有根祖传的黑槐木棍，长三尺，铁锨把粗，油黑发亮，十分精致。据说这是维护家法、教育子女的专用"戒棍"，传到郝纯正这辈已经是第十代。

郝纯正是家里唯一考上大学的"状元郎"，毕业后又顺利进了机关上班。寒暑往来，他从耍笔杆的小秘书干起，一步一个台阶，终于媳妇熬成婆，当了三年的副局长也在这次干部调整中把"副"字去掉了，被调到另一个局任局长，成了"一把手"。

就职的当天晚上，郝纯正一进家门，好像掐着点似的，手机就开始响个不停，有原工作单位的同事，又有同学和朋友，还有七大姑子八大姨，几乎都是一个腔调，诸如"祝贺你荣登局长宝座""前途无量""郝局长可别一当官就忘了我们呀"等等，让人听得有点麻木。可郝纯正又不敢拒接，否则人家就会说他"架子大"。他只好像鸡啄米似的连声致谢，折腾到大半夜，才敢关机睡觉。

一周后，趁吃早饭的时候，母亲用商量的口气说："纯正啊，这几天，咱家亲戚很想喝你的升职喜酒。可都又不敢直接向你提，知道眼下不兴这个，就拜托我这个老婆子给通个信。"

"妈，我这是正常的工作安排，真没必要搞得那么兴师动众。"

母亲又说："算我求你行不？给大家一个面子吧。"

看着母亲渴望的眼神，郝纯正犹豫了，因为母亲是这个世上他最敬爱的人。自己在童年时代父亲就没了，是母亲既当爹又当娘拉扯着他成长。母亲用那布满老茧的双手，在黄土地上辛勤耕耘，把春种秋收的粮食换成钱，供他在外读书。参加工作娶妻生子后，他才从乡下把母亲接进城里。母亲又当起了带孙子、做家务不拿工资的"保姆"。这让他心里永远充满着感激和感恩。

母亲的话犹如"圣旨"，郝纯正哪敢不听，于是安排妻子具体操办，时间定在周日的晚上。看着顺从的儿子，母亲笑得合不拢嘴。

亲戚们如约而至，有熟悉的也有陌生的。母亲指着一个有点微胖的老头介绍："这是你东庄表嫂子娘家二表哥的表大伯。"郝纯正觉得这有点像绕口令，啥时候有的这门亲戚？谁知，还没等他表示欢迎，这位曲里拐弯的表大伯就开了腔："我一看你就有富贵相，浓眉大眼，精神饱满，虎背肩宽，风度翩翩，相貌堂堂，神采飞扬，这不，当局长了吧！"

郝纯正对这位的奉承还没消化完，他媳妇的三姨夫就过来悄悄地说："我的小儿子还在家闲着，你给安排个工作。这事现在对你来说，还不是小菜一碟？"郝纯正听后哭笑不得，看来在三姨夫眼里这单位好像就是自家的，想怎么办就怎么办。

这样一阵寒暄之后，众人纷纷落座，准备品尝美酒和佳肴，想着局长家的档次肯定低不了。可谁知端上来的却是香茶和水果、瓜子、糖，既无酒又没菜，成了"茶话会"，众人有点扫兴。郝纯正躬身施礼："这样可能出乎大家的意料，慢待了各位，实在抱歉！"随后当众打开一个雕刻着梅花图案的红木箱，取出里面用黄绸布包了几层的"戒棍"，双手捧着走到母亲面前。

如此举动，使在场的人大吃一惊，大家纷纷交头接耳，胡乱猜测。母亲更是感到意外："儿啊，你这是唱的哪一出呀？"

郝纯正："娘，请您老用戒棍敲打我一下。"

母亲："咳！那是咱家对犯了错的孩子用的，今晚是庆贺你官升一级，光宗耀祖的时候，咋能用此家法？"

"就是因为你儿子现在身居官位，肩负着责任和重托，更需要提前敲打，警钟长鸣，才能预防把道走歪。"

看着儿子祈求的目光，母亲点了点头，举起了戒棍……

顿时，客厅内鸦雀无声，一片寂静。

作者简介

顿先海，中国微型小说学会会员，中国寓言文学研究会闪小说专业委员会会员，河南省民间文艺家协会会员，郑州市小小说学会会员，商丘市作家协会会员。先后在报刊、网络等多家文学平台发表小小说、故事、闪小说、散文、诗歌和曲艺等作品四百余篇。荣获中国闪小说2022十大新锐作家提名。

九个礼盒

开县有个市政工程即将招标。主管单位的李局长召集参与竞标的三个工程公司老总开会。李局长道:"这次竞标,要求规范,不得搞歪门邪道,希望大家共同遵守。竞标以前,设一个观察期,我还要考察你们各自的资质和表现。"说完局长宣布散会。

市腾宏建设公司金总,马上站起来往外走。退伍军人出身的他,行事严谨果断,时间观念强,做事从不拖泥带水。

回到公司办公室,金总立刻吩咐秘书小赵准备一个精致的礼盒。小赵有些诧异。金总就附在他耳边悄悄说了几句。小赵张着嘴,惊讶得说不出话来。

李局长办公室里,市开达公司的刘总,精通人情世故的他,用上了"联络感情"这一招,没事就陪着李局长聊天打哈哈。刘总道:"李局啊,您这茶味道不怎么样哦!我那里有一款新茶,一定要请您品鉴品鉴。"说着,刘总打电话让驾驶员小王上楼来一下。

小王上楼来，手里提着一个精致的名茶礼盒，刘总接过来，顺手放在李局座位后旮旯里，然后不失时机地告辞。

李局看看，皱皱眉，没说话。

刘总心花怒放出了建设局。暗想：妥了！

刘总走后，李局吩咐秘书小王，马上给礼盒贴上封条。李局打算今天自己走路回家去。他对小王说："从部队转到地方工作，就老坐车。你没看到我这个肚子，因为少锻炼，已经满是赘肉了。今天会上，你没看见我那老战友金明总瞧着我的肚子暗笑吗？"

说得小王也笑了。

李局出了局大门，顺着大街往回走。刚拐过弯，后面一辆"大奔"跟上来，在李局身边刹住。驾驶室窗户伸出一个脑袋，是市通途工程公司参加竞标的黄总。黄总道："李局，听说西郊公园项目快完工了，刚才会上您不是说要去看看吗？我顺路送您过去！"

李局无奈，只好上车。他想，本来我就打算过去看看，会上只是顺便说了一句，他就上心了。看来，这黄总精于"借机行事"。

一路上黄总眉开眼笑，最后又开着车送李局回家。他坚持把李局送上楼，顺手把一个精致的礼盒放进李局家门里，然后告辞。

见李局并没有追出来。他狠狠地拍了一个巴掌，道："好！稳了。"

李局只好打了个电话，要秘书小王马上到他家来一趟。

第二天，金总的秘书小赵，从李局的秘书小王那里，得到了消息。他对金总说："确切消息，他们两家都送了。"

金总道："果然！你马上把我们的也送过去。"

小赵道:"好,有热闹看了。"

李局见金总的秘书小赵也送来一个精致的礼盒,摇摇头,小声嘀咕道:"居然你也学会搞这一套了!"他叫秘书小王收下礼盒,贴上封条。小王想:"里面不会有几十万吧?"

第二天,李局通知竞标的三家公司老总开会。会上他说:"我看了你们三家公司的材料,总觉得里面还有很多不尽如人意的地方。你们回去再补充补充吧!要多一点实在的东西。这么大这么重要的工程,不能太草率吧!"

三个老总回去了。金总对小赵说:"看来我这老战友现在胃口大呢!"他叫小赵再准备一个礼盒送过去。小赵道:"好,谨遵董事长吩咐。我一定照办。"

小赵私下向李局的秘书打听,小王秘书说:"那两家又送了。如今这风气也真不行啊!一做啥就送礼。不送不行吗?"

隔天,已经领略了各位老总送礼招数的李局,又通知三家公司老总开会。因为,他发现老总们大部分的心思都用在了送礼上。李局就敲"边鼓",希望三位老总"听锣听音"。他恳切地说:"我想简单点,规范点。你们还是回去多想想,再查缺补漏吧。一定要把有关资料补齐。"

开完会,三个老总一言不发出了门。黄总和刘总回公司恨声说:"李局说话那意思我们还不懂吗?什么资料补齐,是胃口够大啊!咋办?送!再送啊!我就不信砸不开这道门。"

唯有金总回去想了很久,他十分失望。老战友变了。他以前可是一个铁血军人哦!没想到在地方上,今天的他已经不是昨天的他了。

金总吩咐秘书小赵："再送，和以前一样。我得用三个礼盒试试人心。"

于是，金总的第三个礼盒也送出去了。几天后，李局终于通知三个公司老总参加开标会。

三个老总都志在必得，喜气洋洋走进会场。然而他们马上感觉到今天的开标会会场有点特别，纪检监察部门来了代表，报社和电台也来了人。李局讲话了，他说："这次工程竞标，我想改改方式。下面我们就用三个公司送的九个礼盒开标吧！"

李局吩咐秘书小王，把三个老总送的九个礼盒摆上台面来。

气氛陡然紧张。开达公司刘总和通途公司黄总一下傻了眼，手足无措。他们一百个没想到李局会来这一招，不仅把他们坑惨了，还把他自己的战友金明也搭进去。看来，这开标会，他精心设计成了"廉政会"。

出乎意料，他们瞧瞧旁边的金总，若无其事的样子，还向李局竖大拇指。

先是刘总的三个礼盒打开了：一盒名茶，一盒名烟，再一盒里是足足三十万现金。而黄总的三个礼盒打开：一尊玉观音，一幅名画，再一盒里也是足足五十万现金。真是财大气粗呢！见自己的礼盒当着纪检监察同志和电视台、报社记者见了光，两个老总灰溜溜低下头，大气不敢出，恨不得地下有个缝马上钻进去。

会场气氛一下严肃起来。

记者的镜头下，剩下腾宏公司金总的三个礼盒了。众人屏住呼吸。李局也无奈地摇摇头。他真不想看到老战友出丑的样子。他也痛心，作为退伍军人的老战友金明，丢了部队的优良传统。

金总的第一个礼盒打开了，大家一下凑过去。每个人的表情都十分惊讶。第二个礼盒打开了，第三个礼盒打开了。明亮的灯光下，大家看到的是：三个精致的礼盒里，是三本鲜红的党章！

拍照的闪光灯中，会场掌声雷动！李局长激动地高声宣布："我的老战友金明中标！"

作者简介

秦加倪，四川省绵阳市作家协会会员，中国民间文艺家协会会员。在《散文》《四川文学》《剑南文学》等报刊发过多篇散文、小说。散文《黄昏的境界》获《散文》月刊征文大赛优秀奖。小说《松林缘》获2021—2022年度中国好故事提名入围奖。

半瓶名酒

堂哥今天早上很早就回家了,手里拿着一瓶酒,进了门就直冲伯父奔去。

"爸!看我今天给你带什么了。"堂哥拿着酒嘴里嚷嚷,"这是好酒,市面上都卖一千多一瓶,我弄了半瓶,让你也尝尝。"

伯父瞥了一眼,没吭声。

午饭时,堂哥给伯父满上一杯酒。

"爸,喝点吧!好酒,喝了不上头!"

伯父仍一个劲地吃饭,没搭理。堂哥似乎明白了,就没再说什么,只顾着自己喝了一杯。

这时,伯父开始说话了。

"儿子,我以前是干什么工作的?"

"纪检工作呀!"

"那你还拿着名酒在我面前晃来晃去,让我心烦。"

"又触发了你那根敏感的职业神经?"

"对！""在我以前的工作经历中，违规案件的开始都有名酒的影子。你看，请人办事送礼用的是名酒，官员公款吃喝选的是茅台，攀风比阔选的也是名酒……我不反对喝名酒，我是反对拿着名酒做些违规乱纪的事情。"

"再说你这名酒是从哪儿来的？你说你在公司上班，一个月就几千元的工资，哪来的钱买这名酒？还不是别人想利用你的工作之便开后门好办事，不是吗？"

堂哥听后，放下酒杯。

"我正想说这酒是怎样来的……"

"怎样来的？还不是别人送你的？"伯父不屑地说，"儿子，俗话说拿人手短，喝人嘴软，要了人家的东西就要为人办事的，这就促成了不正之风。不要让不正之风腐蚀了你的灵魂。往往坏事就是从一瓶名酒或一沓钱开始……"

"爸！你还是让我把话说完吧！"堂哥感到委屈。

"说吧！"

"上周一，我们在执行安全用电检查的行动中，发现一家名酒专卖商场的配电设备存在重大的安全隐患，首先是配电设备靠近储备仓库，仓库放置了各种名酒，一旦发生火灾后果不堪设想；其次是打开配电箱时，我们吃惊地发现几根火线胶皮出现破损，用测电笔检测有漏电情况。还有，配电箱内布线较为凌乱，比起一些优质商场的做法有差距，配电箱内的保险设备也老化了。为了预防事故发生，我找到该商场的黄老板说明情况，摆明了利害关系，之后又组织人员帮他进行了全方位的整改。"

堂哥收住了话音，呷了一口酒，忙着吃菜。

伯父不耐烦了:"往下说!"

"完事之后,黄老板特别感谢我们,要请我们吃饭!"

"接着就上酒楼?"伯父瞪着疑惑的双眼。

"被我们当场拒绝了。几天后,班员在工具包里发现了一瓶名酒。原来是黄老板见我们什么都没收下,感到过意不去,在我们临走前,趁我不注意偷偷地在工具包里放了一瓶酒。我们的几个班员发现后,把酒给开了。剩下半瓶留给了我。"

"怎么能随意就动别人送的东西!"伯父有点不高兴。

"在班会上,我作为班长,很严厉地批评了他们。之后,我找到黄老板要求补偿酒钱,可黄老板硬是不让。经我好说歹说了一席话之后,才按市场价退还了回去。"

"嗯!这事处理得还算妥当,没忘你老子以前是干什么的。"

"这是你一生的骄傲,作为你的儿子,我怎能忘记呢?今天是什么日子?"

"什么日子?"

"十年前的今天,你从心爱的纪检岗位上退了下来,今天是你退休十周年。"

"十年弹指一挥间,我是老了,现在的青年人有胆识、有魄力,文化水平也挺高,但愿能正视荣辱,守住清廉呀!"

伯父感到兴致上来了,拿起酒杯,一饮而尽,然后把酒杯重重地落在桌子上:"儿子,满上!"

作者简介

何永志,现任职于深圳市新世纪创意工作室。荣获佛山市"体彩情·我与体彩的故事征文"活动一等奖、江西省"福彩宣传语"有奖征集大赛二等奖、中国体育彩票"德美山东"文化作品大赛二等奖等。

向光而行

他觉得自己对父亲的死负有不可推卸的责任。

父亲是喝农药死的。他把父亲送到医院急救室的时候，父亲还有一口气。

父亲说："你、你去……自首。"父亲把插在手腕上的针头拔了。

父亲走了，他有一种如释重负的感觉。父亲在病床上折腾了三个多月，什么进口药都用了。医生说，还是出院吧，他想吃什么就让他吃什么。医生等于判了父亲的死刑。

父亲似乎明白了自己的身体状况，也要求出院，他想回到老钢丝厂的旧房子里去，父亲不愿跟他住在城建局的干部楼里。

他没有依从父亲的意思，老钢丝厂的旧房子太破败了，政府将要拆迁改造。他让父亲跟他一起住。

干部楼是他当城建局局长的时候以福利房的名义为局党组成员盖的，每户一百八十平方米，每平方米四百元。那时候商品房的平均市场价是一千二百元。那时候,弟弟从乡下拉了支建筑队,自己当包工头,干部楼是他暗中指示发包给弟弟做的。他还把弟妹们的户口都弄进了城。

那时候,父亲也以县劳模的身份从国营钢丝厂光荣退休了。他唯一弄不动的是父亲。他想把父亲弄进工业局,以干部身份退休,但父亲坚决不同意。

自从他当上副局长,坐着公家的桑塔纳去乡下接母亲和弟妹们进城的时候,父亲就对他看不惯了。父亲说:自己家的私事,怎么能占公家的便宜?

他也看不惯父亲。父亲脾气臭硬,认死理。父亲工作几十年,除了得到几张劳模和先进工作者证书,一辈子也只是个普通工人。

那时候,父亲的退休金只有一百多元,除了维持老两口生活,还要接济弟妹,常常捉襟见肘,但父亲从不要他的帮衬。父亲在街边摆了个修车摊。他觉得没有面子,几次劝父亲不要摆了,但父亲置之不理。

父亲爱喝酒,也许是喝酒害了他。他曾经在喝红了眼后指着厂长的鼻子骂他是败家子。父亲也骂过他,父亲骂他是腐败分子,丢了外公的脸。

外公是烈士,新中国成立前夕被土匪杀害了。那时候父亲还没有当地下交通员,只是跟着外公做望风和打掩护的工作。外公想培养父亲入党,他多次让父亲写入党申请书,父亲都以不识字为由推掉了。多年以后父亲仍为这事耿耿于怀,后悔不迭。

后来组织关照,让父亲进城当了一名工人。母亲本来也可以沾父亲的光进城当工人的,但父亲不肯,父亲说母亲对革命事业没有任何贡献,不能享受优待。为此,母亲怨恨了父亲大半辈子,直到后来被他接进了城。

父亲没有留下遗嘱,父亲说的最后一句话是让他自首。父亲断断续续地说出这句话的时候,他的额头上冒出了汗。父亲看到他的骨头里去了。

父亲的追悼会是在老钢丝厂的破旧大礼堂开的,这是老钢丝厂的那班退休老工人强烈要求的。花圈摆了一层又一层,前来吊唁的人把破旧的大礼堂挤得满满当当。

很多人哭了,哭声像排山倒海的浪头把人们往前推,场面一度失控。

他看到了父亲生前的好伙伴老冯。他们是一拳打不响的兄弟。老冯总是羡慕父亲,说他有一个当干部的好儿子。老冯五个子女,只有大儿子顶班当了工人,其他几个都在摆摊干个体。父亲却羡慕老冯,说老冯的儿女个个争气,不求不靠,自食其力,活得硬朗。然后父亲就长长地叹一口气。

老冯的脸上一层铁灰色,像得了一场大病。他握着老冯的手,感到一股透彻的寒意从对方的手心里传来。老冯的手抖得厉害,像打摆子。

老冯说:"你爸,是我兄弟,也是我这辈子……最敬重的人。他腰板直,一辈子都不知道打弯……呜呜……"老冯说着就把脸捂住了。

父亲留下的唯一遗产是一张一万元的定期存单,夹在奖状和荣誉证书里。母亲把那些奖状和荣誉证书都烧了,并且执意要把父亲留下来的一万元定期存单从银行里取出现金,平均分配给几个子女。母亲在做这些的时候,嘴里不停地絮叨着:"空了,都空了。"

送走父亲,母亲像变了一个人。她又回到了老钢丝厂,住进父亲生前一个人住的老房子里,也不要子女陪伴,每天粗粮淡饭,青衣布鞋,深居简出。

他坐着公家的车去看她,车里装着别人送他的土特产。他知道母亲在屋里,但任凭怎么敲门,门就是不开。他让司机把东西放在母亲的房门口。司机放下东西准备离开的时候,听到屋里有声音说:都拿走吧,不要让我的眼睛看见不干净的东西。

他责怪司机把送去的东西又拿回来,司机把他母亲的原话转述给了他。他忽然浑身打了一个寒噤。

母亲在送走父亲后不到半月也走了。母亲走得悄无声息。要不是老冯老两口前来看望他的母亲,还没有人发现她已经走了。

她是坐化的。她的衣服穿得整整齐齐,头发一丝不乱,面容宁静安详。

他哭了。父亲离开的时候他没有这样哭过。母亲是最疼爱他的人。父亲对他只有严厉,所以在内心里他对父亲一直是逆反的。而对母亲,他百依百顺,他不知道母亲临离开人世前为什么却突然疏远了他。

他匍匐在地上,额头磕出了一片青肿,声音也嘶哑了。

妻子把他从地上拉起来,说,都走了,终于清静了。妻子说这话的时候似乎有一些快意。

他用力地把妻子的手甩开了。滚,你滚!他恶狠狠地说。

母亲下葬的时候妻子一直没有露面。妻子看不起他,更看不起他的父母。他一直努力地往上爬，努力地爬上更高的位置和拥有更多的金钱，就是让妻子对他刮目相看，但失败了。妻子凭着姿色在暗中另攀了高枝。这是他进去后才知道的。

处理完母亲的后事，他就把办公室的钥匙交给了司机，说他出去一趟。然后就关了机。

他没有提包，空着手，步行。他忽然感到身上轻松了许多。

他向位于县委大楼五楼的纪委走去。

作者简介

李犁，本名李卫国，湖北咸宁人，中国小说学会会员，《星星文学》杂志执行主编，《九头鸟》杂志编辑。作品散见于全国一百余家报刊，入选二十余种选本。著有长篇小说、中篇小说集，以及散文集和诗集。创作和改编电影剧本十部。迄今发表作品累计三百余万字。出版《李犁自选集》四卷。

鹦鹉的秘密

钱局长的鹦鹉不见了。

派出所的赵所长接到电话立即带来了一班人马,来到钱局长家展开侦破工作。

晨练的时候,钱局长是把那只绿毛鹦鹉挂在阳台天花板倒钩上的。但不知什么原因,等钱局长从外面吃完早点回来,发现笼子掉到了地上,笼子门掀开了,绿毛鹦鹉不知去向。钱局长急得在阳台上搓手顿足,围着笼子团团转。绿毛鹦鹉是一位在中央当干部的学生送给他的,不仅能说清晰的人话,还会说几句时髦的英语,深得钱局长宠爱。

赵所长见过那只鹦鹉,不仅可爱伶俐,而且有辨人的本领,赵所长一进钱局长家的门,鹦鹉看见了大老远就会叫起来:"欢迎赵所长,请坐请喝茶。"把赵所长逗得脸上乐开花。以后每次来探望钱局长,赵所长都忘不了给鹦鹉带点好吃的食物。

看着空空的金丝鸟笼,侦破老手们都犯愁了,不知这案从何开始着手。

"一个个愣着干什么,还不给老爷子找鹦鹉去?没找到鹦鹉今天别想下班回家。"

大家听头儿这么一呵斥,纷纷出门,找鹦鹉去了。

"老爷子,你千万别着急,他们一个个都是侦察好手,一定能把鹦鹉给你找回来。"赵所长在一旁安慰钱局长。

钱局长失魂落魄地干笑一声,说:"小赵啊,让你费心啦,我知道,两条腿的罪犯易抓,长了翅膀的鹦鹉难找啊!"

"老爷子,这就是你不信任我了,别说鹦鹉这么大的活物。就算一根针一根带血的头发,我们也将不遗余力地把它找出来,把案给你破了。"

听赵所长这么一说,钱局长稍稍有了点信心。他转过头,用信任十足的口吻跟赵所长说:"小赵啊,其实呢。鹦鹉飞了也就飞了,没什么大不了的,只是少了点乐趣而已。问题是这鹦鹉贼精,见人说人话,见鬼打哈哈。在我家这么多年,耳濡目染了不少事情,万一它落到某些别有用心的人手上,乱说乱叫,容易给我造成不良影响啊!"

起初,赵所长还天真地以为钱局长是因为喜欢鹦鹉才这么紧张,现在他才明白,老爷子是怕鹦鹉泄露了他家庭的机密。赵所长也随之紧张起来,忙站起身,说:"老爷子,那我也不坐了,帮你找鹦鹉去,一有消息马上通知你。"钱局长见状,招了招手,赵所长马上把耳朵贴了过来,钱局长只说了一句:"活见鹦鹉,死要见尸。"赵所长心领神会,不停地点头:"一定,一定。"就匆匆出门找鹦鹉去了。

赵所长一出门,钱局长重重地倒在沙发上,得了大病似的。

临近中午,钱局长埋在沙发里睡得迷迷糊糊,忽然听到门外传来鹦鹉熟悉的叫唤声,他以为是赵所长带人把鹦鹉找回来了,猛地从沙发上弹起来。开门一看,发现自己快上初中的孙子正站在楼梯口跟一伙同学逗弄自己那只绿毛鹦鹉。鹦鹉大概看到钱局长了,扑棱一下挣脱玩弄自己的小手,稳稳当当飞到钱局长肩上,尖声尖气地叫唤着:"老爷子,好险,好险!"钱局长见状,气呼呼地奔下楼梯,不容分说,拎起孙子就狠狠地揍了一顿。孙子鬼哭狼嚎找他妈去了。望着孙子的背影,钱局长不停地拍打着自己的胸口,连连说了几声"好险,好险",就回房给赵所长打电话去了。

第二天,赵所长路过钱局长楼下垃圾堆的时候,看到了那只绿毛鹦鹉。不过,已经死了。上楼后,他发现钱局长的阳台上有了一对活蹦乱跳的小画眉。

不久,赵所长调到了市公安局成了钱局长的心腹。

后来,眼看就要退出官场的时候,钱局长被人偷偷举报了,落得晚节不保,坐了牢。

再后来,做过所长的赵副局长代替了钱局长在市公安局的正职,成了赵局长。

钱局长做梦也没想到,自己掐死了一只心爱的绿毛鹦鹉,最终又被一只"黄皮鹦鹉"给"出卖"了。

作者简介

蔡晓洁,从小爱好文学。曾在报刊发表文章三百余篇,被多家报刊评为优秀通讯员,并多次获奖。

惯　例

每年到了收春茶的时候，去谁家吃饭都是一件让茶叶收购站人员苦恼的事。"吃饭不在吃，在于联络感情！"这是茶叶收购站当了八年的副站长李立对新上任的王若愚站长说的话。

李立还发了一句牢骚："我当了八年副站长还是副站长，余大远当了八年站长，就升成了副局长！"余大远是上一任茶叶收购站站长。

眼下又是满目青山、春茶收获的季节，到茶乡收茶，为春茶评级、定价，是茶叶收购站每年要做的事情。王若愚刚上任，不知水深水浅，副站长李立才说那些话提醒。

上任第三天，王若愚让李立带领工作人员一起去了茶乡。村东头第一家，一个老汉蹲在墙门前抽着叶子烟。见一行人过来，他眼都不抬，爱理不理。

王若愚带人都跨过老汉家了，突然想到什么，又停了下来，用手指了指墙门，问李立："怎么，这家人不卖茶吗？"

李立说:"卖。"王若愚不明白:"那为什么,他好像不欢迎咱们。"

李立挠挠头:"可能他估摸着咱们不会进去……王站长,按照惯例,以往每年我们去的第一家,是村西头的严大魁家!"

王若愚看了李立一眼:"惯例?今年能不能不按惯例,先去老汉家看看茶叶?"

不待李立反应,王若愚已抬腿走去。蹲在墙门前的老汉见收购站的人迎面而来,慌忙站了起来,又听说要看茶叶,连忙灭了烟灰,堆起一脸笑,把王若愚一行人迎了进去。

看完茶叶,又听闻王若愚是新上任的站长,老汉不淡定了,执意要为在场的每一个人煮两个茶叶荷包蛋。王若愚婉拒,老汉却捧着碗,用一种很复杂的眼神恳求说:"吃吧,吃了我才放心!过去余站长是一口也不尝的!"

王若愚推辞不过,但吃完留下了茶叶蛋的钱,然后对满含期待的老汉说:"谢谢老人家!你家的春茶我们心里有数了,最后一定会合理地给出茶叶收购的等级和价位的。"

出了老汉家,在去村西头的路上,王若愚不解地说:"往年余站长不在老汉家吃一口蛋,说明心里还是装着一面明镜啊!"

李立讪讪地笑了笑:"俗话说吃人嘴软,吃了就不好定级定价了!"

"就因为两个茶叶蛋吗?"

"没有对比就没有发言权,一会儿你就知道了。"

说话间,一行人已来到了村西头,严大魁早已耳闻一行人的到来,提前在大门前恭候。听完介绍,严大魁大步上前握住王若愚的手，热情得像一个老相识似的说："余站长升迁之前，专门给我打来电话，说新任的王站长儒雅大气，待人随和，今日一见，果然气度不凡，像我的娘家人！"

严大魁把王若愚一行让进院子，拿出来的却不是春茶，而是一张大圆桌，须臾间就摆满了一桌佳肴。只听严大魁说："王站长，李站长，还有各位都别站着，先来喝点汤解解乏！"

严大魁边说边给每人递上来一碗汤，美其名曰"龙凤汤"，凤是鸡，龙是蛇；又用刀叉为每个人分了一份"吉祥咕咕肉"，咕咕其实就是斑鸠，因为咕咕叫，又称咕咕鸟，民间寓意吉祥鸟，做出来的菜就叫"吉祥咕咕肉"。

王若愚站着不动，旁边一行人见站长这样，也不敢妄动。严大魁见状就哈哈一笑："王站长李站长，你们这是怎么了？这不是每年的惯例吗，来了先喝酒喝汤，都是乡下拿不出手的食物，大家别嫌弃！"严大魁说到这儿恍然一笑，转身进屋去了。趁这工夫王若愚扭头问李立："以前都这样吗？吃了喝了可能连茶叶都没见着，就把定级和定价的事内定了。"

李立露出为难的表情："严大魁是村里的大户，他定的茶叶等级和价格，其他人不敢超过，所以以往余站长根本不去其他人家，免得折腾。"正说着，严大魁满脸堆笑出来了，给每个人塞了一个口袋，王若愚手上的口袋更大更沉。打开一看，除了一个信封，还有几罐精美的茶叶。

王若愚问："你这是……"严大魁道："这都是惯例，信封里是一点辛苦费，另外几罐茶，都是今年新出的极品春茶，供王站长拿去给相关领导品尝。"

王若愚很不解："你考虑得真周全。"严大魁向前耳语道："不考虑周全一点，会有余站长的升迁？"

王若愚想了想，把口袋放在凳子上，沉下脸说："今天我算长了见识，不过我不一样，我既不喜欢喝汤，也不喜欢吃肉，而且特别较真，见不到茶叶，或者想以次充好，操控等级价格的事，在我这儿都行不通！我的心里，只有公平合理，只有党纪国法，没有空子可钻！"说罢快步从严大魁家出来。李立赶紧在后面跟上来说："王站长，这就是我先前说的'没有对比就没有发言权'，不过你今天的做法让我们钦佩！"

王若愚一听，转过身认真地说："李站长，你当了八年副站长没被升迁不冤枉，没挨板子算轻饶你了！"李立道："此意何解？"

王若愚眺望着远方说："《茶经》里面讲过一个典故。古时有个叫陆纳的人到吴兴任太守，驻防的卫将军谢安前去拜访。侄儿陆椒得知陆纳未做待客的准备，就私下里准备了十来个人的饭菜。谢安来后，陆纳只摆出茶水和果品招待，而陆椒则摆上了丰盛的酒菜。等到谢安告辞之后，陆纳把陆椒叫来，打了四十板子，说：'你这样做不仅没有使为叔增加光彩，反而还玷污了我一向崇尚俭朴的节操。'"

王若愚末了说："有些惯例，就是滋养腐败的温床，如果不破除，迟早会害了大家！"

作者简介

杨力，央视猴年春晚小品《快乐老爸》的原创作者。中国民间文艺家协会会员，四川省作家协会会员，成都文学院签约作家。

净　土

"爸，向群看您来了……"在一个冥钱纷飞的坟堆前，跪着两个头戴白孝的男人：一个是党向群，坟里老人的亲儿子；一个是张清河，坟里老人的仰慕者。

故事发生在中条山腹地一个现代化的小山村，村子不大，像绵延起伏的山脉延伸出的一个巴掌，展示着四季的色彩，承接着天与地的灵气。党向群和张清河的祖先们就世世代代长眠于此。

"向群，起来吧，大伙儿一会儿就到啦。"张清河磕完头站起来，拉着跪在地上的党向群说。党向群不说话，只是默默地注视着父亲的墓碑。那一块由父亲生前亲手刻的石碑，在蓝天旷野之间显得格外庄严肃穆，碑首方方正正地写着"净土"二字，下面整齐有序地排列着子孙姓名，打头的就是他的宝贝儿子党向群。

山里的三月天笑里藏刀似的，明艳的阳光，却冻得人脸皮生疼。这个时任国土资源局局长的党向群，一动不动满腹心事地和"父亲"对视，直到发觉办公室主任方小元的身影从远处走来，才起身卸下了孝布。他握着张清河的手说："感谢你呀！咱们俩打小一起念书，又一起工作，不是兄弟胜过兄弟。虽然，这次你做了我的副手，但我知道你是有能力的，希望以后你我同心，在局里大干一番，也算不辜负老父亲生前对我们的期望。"

"说得是！老书记他一心为公，为了咱们村子真是耗尽了心血，要不是他，哪有现在的美丽乡村示范村？别说县里市里认可了，就连老百姓怕也早都跑光了！"张清河鼓钟一般的声音感叹着："向群，你放心，就看在老书记的恩德，我也会好好帮衬你哩！"

党向群笑了，脸面像山桃花一样生动。张清河虽然努力，但家境远不比他，更有个品行端正的父亲。他能有今天，符合天理。

"党局长，这会儿大家都来了，您看怎么安排？"方小元气喘吁吁地跑过来请示。

"来的都是哪些人？"党向群问道。

"老爷子头周年，也是您第一次过事，能来的差不多都来了，咱单位人不说，县里市里的企业家就有百十个，特别是江氏集团……"方小元最后的话压低了声音，露出了狡黠的神色。

"简直胡来！谁通知的？"党向群不高兴地说。方小元回答："人家一片心意嘛，也是老爷子该享有的尊重，这光宗耀祖的排面，能有几人做到呢？"说话间把目光投向了张清河。党向群没有接话，眼睛看向了"父亲"，然而，死人是不能说话的。

祭祀之后数日，张清河都郁郁寡欢，几次见到党向群都欲言又止。

"清河，你有事？"党向群问。

"不知该说不该说。"张清河显得为难。"说嘛，你我一个被窝拱出来的，啥话不能说？"张清河索性就挺直了腰杆："当官不敛财，敛财不当官，以后，像老爷子周年这种事儿，要低调、要杜绝！"

党向群听完先是一愣，片刻笑道："嗨，我家这个老党员啊，给村里办了一辈子好事儿，临走还不让放礼簿。今儿是他头周年，没想到来了这么多人，说心里话，我挺感动的。"

"感动不能代替工作，拿人的……"

"哦，清河！我有分寸！"党向群突然抬高了声音，打断了他不想听到的话，说道："谈些正事……县城北边的那块耕地，江氏集团想要开发，老总找了我几次，你是负责耕地规划的，抽空去看看，咱们组织一次公开拍卖，把农田转为建设用地转让给他吧。"

"江氏？北边的耕地？"张清河诧异地问。党向群"嗯"了一声，"吧嗒"点燃了手中的雪茄，淡淡的烟雾即刻弥漫在二人之间，像是战场上燃起的硝烟。

"那块地目前是县里最好的耕地，也是城市居民的菜篮子。如果卖给开发商，老百姓怎么活？"张清河问道。

"这块土地没有了，周边还有。二孩政策开放，人口逐年增长，住房也是一个要解决的社会问题嘛！"党向群回答。

"住房是问题，保护农业耕地就不是问题？要开发，上一届领导不知道开发？"

张清河的这句话，像刺一样卡住了党向群的咽喉。静默之后，他努力地笑道："好，你说得都对，都对！这事儿咱改日谈，走，旁边才开了一家涮羊肉,请你撮一顿。"说着就拉着张清河往外走,张清河却没好气地说:"从今开始我吃素!"说完扬长而去,党向群喊道:"这臭脾气还能不能改啦!"

日子平静如水。党向群再没有向张清河提过土地开发的事,但江氏集团已经开始投入建设。党向群换了车,又以他人名义在县城开了一家高档会所。说是对外开放,其实就是他的私密花园。他很忙,每天都被各种高档车辆迎来送往。正、副局长的两个办公室,判若两个世界,一个门庭若市,一个形单影只。

张清河这个副局长熬着日子不自在,像占着茅厕不拉屎,自己尴尬。和党向群比,人家是太阳,会说话,会发福利,单位里上上下下围着他转。这里所有人,似乎都忘了张清河的存在。

终于有一天,张清河的分工被迫调整,档案室和工会成了他的新领域,取而代之的是办公室主任方小元。不过,现在叫作方副局长。为此,张清河在和党向群大吵以后,暗地里为这场交情也愤恨了一回。不过,在他去给老书记坟上守了一个长夜之后,什么都想明白了。从此,他开始大量查阅县里的土地资料和生态数据,经过一年多的辛勤劳动,他终于整理出了本县近百年来土地变迁的全部历史资料。然而,这个时候却天响炸雷,出事啦!

那是一个平平常常的下午,两辆黑色的轿车同时驶进了国土局大院,一辆请走了党向群局长,一辆留下了一纸公文。局长去接受纪委调查,公文命张清河代局长主持工作。这个消息令整个单位为之震荡,大家都压抑在极度沸腾的躯壳里。

原来,随着房地产市场剧烈下滑,江氏集团资金链断裂,扔下几栋烂尾楼,人跑了路。几十号群众聚集上访,政府大院炸开了锅。

二人再见面的时候,已在冰冷的看守所里了。

"走到这一步,我也有责任。"张清河难过地说。

"是我咎由自取!"

"路还长,咱们争取组织宽大处理,一定还有干事的机会。"张清河宽慰着。党向群绝望地摇摇头,丧气的样子让他看上去老了很多岁。他低头避开了张清河的眼睛,问道:"方小元现在什么情况?"

"他去自首了,撇清了和你的所有关系。"

"这个王八蛋!"党向群一个拳头捶响了桌子。

张清河要走了,看着失去了自由的党向群,想起了他们大学时代党旗下青春无悔的豪言壮语,他眼圈红了。就在他转身离去的时候,党向群突然叫了一声"老哥"跪倒在地,哭诉道:"这么些年,我一直防着你,嫉妒你,甚至挤对你,只怕你会超过我,你不但不记恨我,还来看望我,我对不起你,对不起黄泉之下的父亲和列祖列宗……"泣不成声的党向群强忍着哀伤,拽住张清河的手说:"你回去以后,替我去父亲坟上跑一趟,我不求他老人家原谅我,但求你去的时候,带上工具,把父亲碑文上我的名字剔掉,我玷污了那块净土。就让父亲他老人家干干净净地躺在那里安息吧!"

作者简介

师郑娟,山西垣曲县人,山西省作家协会会员、山西省女子作家协会会员。

焐地瓜

老憨给当局长的儿子章顾打电话,催他回家。

黄昏,章顾开车回到老家,进门看到父亲坐在地瓜窖旁边抽烟,便喊道:"爹。"

老憨抬头,看了他一眼,继续一口接着一口抽烟。

"有什么事?"章顾的话透着不耐烦。

"垒窑。"老憨掐灭烟屁股。

"垒窑干吗?"章顾心里纳闷。

"焐地瓜。"老憨说完,掀开地窖的盖子,就下去了。

"焐地瓜?"章顾边用土坷垃垒窑边说。

老憨从地窖爬上来的时候,窑还没有垒好。他把地瓜放在地上,又点燃了一支烟,看着儿子垒窑。

"爹您老想吃什么说一声,我给买来不就得了?"

"爹啥都不稀罕,就想吃你焐的地瓜。"

"爹,能不能明天再垒窑?我还有事要处理呢。"

"有啥事也不能走,垒窑焐地瓜。"

自从娘去世后,爹的脾气好像一下子改变了,变得很固执。他莳弄一亩八分地,秋天收获了地瓜就放到地窖里。接他到城里去住,他说:"上茅房没有蹲坑,不习惯。"

章颀七岁时,就会垒窑焐地瓜。后来到镇上念初中、高中,一直到大学毕业就没再垒窑焐过地瓜。再后来,章颀当上了环保局局长,就把焐地瓜这档子事淡忘了。

章颀费了很大劲总算垒好了窑。

老憨从厨房里端来了一竹筐子木炭,说:"点火烧窑。"

章颀点燃木炭,大约半个时辰土坷垃烧红了。

"封窑。"老憨把挑选好的地瓜放进窑里说。

章颀用潮湿的黄土把窑覆盖严实,爷俩坐在一起聊天。

"俺听说,徐克造纸厂的啥环评检测报告是你给签的字?"

徐克和章颀是发小,两人在一起从上小学直到大学毕业,同时被分配到环保局。徐克嫌弃早九晚五的工作,辞职搞公司赚到了第一桶金,又投资造纸厂。

"是呀,怎么了?"章颀用手扒开覆盖着的黄土,一股地瓜的香味袭击了味蕾。

"焐熟了?"老憨岔开话题。

"啊,焐熟了。"章颀说。

"你知道造纸厂趁着下雨天偷偷排放没经过处理的废水吗?"老憨咬了一口地瓜,说。

"爹,事关重大,说话要有真凭实据。"章颀露出愕然的表情。

"不信,你们派人来蹲守。"老憨的话带着火气。

章顾陷入了沉思："徐克的造纸厂环保是达标的，是重诚信、守信用企业，利税大户。要查他，非同小可。"

"爹，您老莫生气，我不是不相信……"章顾不得已咽下了后面的话。

三天后，下了一场大雨。章顾亲自带着环保稽查执法大队蹲守，收集到了真凭实据：不是偷偷排放没经过处理的废水，是由于降水量大，从沉淀池满溢出来的。事后造纸厂及时采取了补救措施，把废水全部收集起来，加高加固了沉淀池。事实虽是这样的，徐克还是接受了罚款，停业整顿。

这一天，恰巧是周末，下班后章顾骑着电瓶车回到了老家。老憨已垒好了窑，好像等着章顾一到家就开始烧窑焐地瓜。

"爹。"

"坐吧，今天俺来烧窑，犒劳一下不徇私情的'铁面包公'。"

章顾了解爹的脾气，他听从爹的安排，静心等待着吃焐地瓜。窑火映红了父亲的脸庞，就像镀了一层金闪闪发光，刺得他的眼睛生疼。父亲的身影变得愈来愈高大，好像要飞跃起来。过了一个时辰，地瓜焐熟了。

"啊，嗯，真香。"章顾咬下一口，忙不迭地说。

"说说，和上一次焐地瓜的味道有啥不一样？"

章顾沉吟。

"俺来告诉你吧，上一次焐得不透，火候不到，你的心思没在焐地瓜上。"

章顾点头。

"焐不透，夹生，不香，吃起来口感差。"

章顾又咬下一口地瓜。

"焐地瓜，就是悟人，悟人性的善恶。"

章顾吃完了一块地瓜。

"无论做什么事，要对得起自己的良心，要对得起咱老百姓，要对得起……"

"爹，别说了，我知道错了。"

老憨激动地搂着儿子，说："好了，回城里安心上班去吧。"

"爹，明天是周六，我陪您住一夜，寻找童年的时光。"章顾边说边垒窑。

"嗨！还垒窑干啥呀？"

"爹，明天我再焐地瓜。"章顾说完，吐出一口闷气，就像洗了一个热水澡，感觉浑身舒服极了。

老憨笑得很开心。

章顾陶醉了。

魏传军，山东省作家协会会员，中国微型小说学会会员。首届《小小说月刊》签约作家。除中短篇小说外，近年来致力于小小说的研究和创作。

第三只手

新官上任三把火，常局长也不例外。

常局长的第一把火烧向了一块石头。这块石头就放在办公大楼的楼前左手位置。进进出出，人抬眼就能见。石头有一人多高，一匹骆驼那么长，一头大象的脊背那么宽，大概有十几吨之重。石头的正面阳刻有"清风朗月"四个大字，涂以红漆，底下有一行小字：×年×月×日××村敬赠。

常局长一连好多天没事的时候就在这块石头前站一会儿，像是若有所思。在局班子会上，纪检书记向常局长详细汇报了石头的来历。常局长说："这块石头不仅是邦扶村对我局工作的肯定，也是对我这个新局长的鞭策和激励。既然这不是一块普通的石头，咱们就不能随便对待，要有敬畏感，要有仪式感，要有全局观。"

常局长这样一说，大家也觉得有道理。解副局长说："就是呀，这块石头被送来后，一直也没个底座，确实有点随便。"李副局长说："当时送来也没考虑位置合不合适，图方便就撂这儿啦。"

纪检书记说："室无石不安，园无石不雅。"

常局长是个雷厉风行的人。过了两天，办公楼前就来了十几个人、一台吊车和一台大卡车。一伙人看着吊车把石头吊起，又放到卡车上，然后又前呼后拥地跟着卡车来到单位的东南角。这里是常局长指定的石头安放新位置。一伙人看着吊车把石头轻轻地放在一个砖头做的基座上。

工程队走了之后，常局长绕着石头转了几圈，嘴里好像还念念有词。

过了几天，常局长正在办公室把玩一个玉把件，手机响了。那头说："常老弟呀，你们单位那块石头是不是放得不合适呀，石头正对着栏杆外的大马路，上面的一个字是不是冲着上面一个大领导！"常局长一听，立刻一个激灵，赶紧起身说："好哥哥，此话当真？"那头说："你想一想。"说完就挂了电话。

瞅准时机，常局长又召开了一次班子会议。会上，常局长故意绕着弯子说，咱们把石头放到新的位置后，有不少反映，有说咱们没有照顾到村民的感情的，有说不利于局机关工作人员正衣冠的……

常局长煞有介事地这样一说，几位副职也听出了意思。有的说换个地方更合适，有的说放在大门口，也有的说放在广场更合适，可是立马有人说，放在广场不端不正不合适。

当务之急是把石头搬走，免得夜长梦多，节外生枝。想到这里，常局长大手一挥说："要不，先放回原来的地方吧！"

第二天，又是吊车，又是卡车，又是一干队伍前呼后拥地把石头移了回去！

过了几天，常局长又在办公室一边摩挲着玉把件，一边思忖着那块石头。这时手机响了，手机那头说："常老弟呀，你赶快把那块石头放到一个墙角旮旯的地方，我怎么越看越觉得你单位那块石头像个不吉的东西。"常局长一听，赶紧说："哥哥明示。"电话那头说："改天面聊……"

常局长在局班子会上又提起了这块石头。这次他故作深沉地说："同志们，这可真是一石激起千层浪啊，这几天，又有不少关心我局发展的同志提出了宝贵建议，认为这块石头要尽快挪走，否则影响全局的景观。我是这样想的，至少，咱们不能让它煞风景。"常局长说到这，几个副职面面相觑，一时如坠云雾之中。

第二天，又是吊车，又是卡车，又是一干人等轻车熟路地把石头吊起来装走。这次，局后勤处把这块石头放在了单位的西北角——一个杂草丛生、人迹罕至的地方。

后来，人们才传开，说这块石头的形状像一口大棺材。

年底审计局审账的人发现，常局长利用这块石头，贪污受贿十三万元。

常局长落马后，小城的百姓都相信，有第三只手，必有第三只眼！

作者简介

杨自莹，山西省芮城县人。山西省作家协会会员，芮城县作家协会副主席。

世 故

周成龙到吉宜县就任县长后，经过一番认真调研，决定开发南城，打造新的经济增长点，力争为吉宜县的长远发展奠定一个厚实的基础。意见经常委会研究通过，周成龙又亲自挂帅担任南城开发管委会主任，汇集各方专家意见，精心打磨，几易其稿，最终制成南城开发初步大纲。

有了大纲，周成龙并没有急于实施，实践证明领导及专家的意见往往与普通老百姓的实际需求有一定距离。经过慎重考虑，他向社会公布个人邮箱、联系地址，这样一来可以求得最广泛的反馈意见，最大限度地汇集民智。意见反馈期为一个月。

时间一天天过去了，众人纷纷猜测周成龙是否收集到了意见，收集了多少？质量如何？正议论，一个不大不小的消息爆出：吉宜县举办首届书法大赛。

县级城市举办书法大赛本身说不上是件多大的事，之所以称为"不大不小的消息"，是因为这项民间风雅赛事竟是由周成龙亲自倡议并力主推行的。他这么忙竟还有精力有闲情搞这样的小事？不会听错吧？

千真万确，确实是周成龙一手策划的，并且相当郑重其事。

那天他找来县文联何主席，一脸严肃地说："物质文明重要，精神文明同样重要，不能一头沉。我们吉宜县自古以来书家辈出，到了我们手上可不能断了传统文化的香火，所以我提议搞一次全县书法大奖赛。要注意的是，一定要给获奖者真金白银的重奖，只有这样才能体现对获奖者的尊重，也才能吸引真正的高手参与。何主席，你就亲任此次大赛的组委会主任吧。"

领导表了态，何主席当然点头称是，在他离开时周成龙补充一句："对本次大赛我只有一个要求——务求公正！"

有资金撑腰，有领导支持，事情当然好办，何主席立即全力运作起来，一番操作后果然引发轰动，各路高手踊跃参加，气氛空前热烈。

这天周成龙再次叫来何主席，交谈几句后周成龙从抽屉里拿出一张宣纸，笑着说："这个，实不相瞒，我平时也爱好写几笔，为表示对此次大赛的支持，也想看看自个儿的功力到底如何，只有与高手同台竞技才能看出差距所在嘛，所以我也写了一幅作品。班门弄斧了，见笑、见笑，我倒不敢奢望获奖，重在参与，呵呵。"

周成龙最后说："何主席，获奖名单公布前让我看一下。"

何主席小心接过周成龙的大作，打开一看，落款是：吉龙。显然周成龙不想让外人知道他参赛。"吉龙"取自"吉宜县""周成龙"，好名字！

时光飞快，不久大赛截稿日期到了，评委们忙碌起来。这天何主席来到周成龙的办公室，说："县长，大赛获奖名单出炉了，请过目！"

周成龙接过来认真看了看，放在一旁，说："下午你参加一个会议，记得带上我的参赛作品。"

何主席不明所以，想问是什么内容的会议，要不要准备一下？可周成龙已埋头忙碌起来，他只得告辞。

下午两点半，何主席接到周成龙秘书电话，要他到县委小会议室与会。何主席心里有点打鼓，临行前没忘带上周成龙获奖的那幅书法作品。一脚踏进会议室，他吓了一跳：里面坐的全是县委常委和班子领导。也就是说，这是全县最高级别的会议。

见何主席来了，周成龙示意他坐下，清清喉咙，开腔说："现在开会。正如各位知道的，全县书法大赛刚刚结束，获奖名单也已出炉，不过还未公开。不瞒各位，我也参赛了，并且获得了相当靠前的名次。"

周成龙脸朝向何主席，问："何主席，我是几等奖？"

何主席忙挺直腰杆："二等奖。"

周成龙面无表情："是的，二等奖，那么何主席，你真的认为我实至名归吗？"

所有人一愣，什么意思？何主席更是一脸茫然。周成龙说："你把我的那幅作品给大家传阅一下。"

何主席从包里小心取出周成龙的参赛作品放在大家面前，会议室里静极了，只有宣纸传递时发出的"沙沙"声，每个人的微表情十分丰富，有的人微微点头，有的人嘴里啧啧称赞。

周成龙微笑着说："各位，我的书法水平如何？敬请发表高论，有一说一，不要照顾我的面子。"

一片寂静。周成龙说："黄局长，你的意见呢？"

黄局长一脸笑："周县长，我哪里懂书法哦，门外汉，纯属门外汉。"

周成龙又问："刘主任，你是书法高手，请你评定几句如何？"

刘主任眼睛看着字，一脸沉思："你这字，看似平淡，实则笔笔着意；看似散乱，实则法度森严……"

周成龙摆摆手，不让刘主任再往下说，身体往椅背上一靠，叹口气，说："在此之前我还以另一个别名参赛了，结果呢？甭说进入等级奖，连入围的资格都没有。"

众人一愣，何主席更是瞪大眼睛。周成龙说："实不相瞒，我从头至尾只临过几个月的帖，至多算书法爱好者，我相信各位刚才看到我的作品时，心里肯定在笑，在大笑，是不是？因为这纯粹就是新手的信手涂鸦嘛。可是你们刚才为什么啧啧称赞呢？我又为什么能获奖呢？还是二等奖？"

众人脸有些发烫，何主席脸上红一阵白一阵，如坐针毡，书法高手刘主任也是。周成龙又说："为什么？就因为我是县长。我相信何主席等评委在看到我的'惊世之作'后左右权衡了一番，给我一等奖吧，那是置我于火炉之上，太显眼，不能服众，很可能惹起风波；给个三等奖或者没有奖吧，怕我生气。那就二等奖好了，不高不低、不显山不露水，左右逢源，照顾了我面子，又让我得了不菲的奖金。何主席，我没说错吧？"

何主席站起身，一脸惶恐："周县长，这个，我、我错了……"

周成龙让他坐下:"这不是你个人的错,风气使然。但大家想过没有,人人如此世故,社会风气何以好转?我们的事业何以向前?"

周成龙话头一转:"南城开发一事,至目前为止我收集到不少反馈意见,但遗憾的是,所有反馈全是来自民间的,在座的各位,以及全县大大小小的领导,没有一个提出意见的。难道说我领头制订的大纲真的完美无缺了?如果完美无缺了,为什么老百姓能发现好多不足?"

周成龙加重语气:"原因只有一个:世故,我们太世故了。老好人、不得罪人,事不关己,高高挂起。一滴水反映一湖水,一次小小的书法比赛反映的是我们的工作作风。"

原来周成龙在百忙之中力主举办书法大赛的用意在这里。

何主席站起身:"周县长,我马上回去重新评定此次书法大赛获奖名单,一定给全县人民一个交代!"

黄局长、刘主任心悦诚服:"周县长,说到大纲,我们还真的有话要说。"

众人也说:"周县长,请再给我们一点时间。"

周成龙点点头,脸色严峻,轻敲桌子,声音不大,但众人听在耳里如同惊雷:"改变干部作风,从今日始!"

作者简介

徐树建,江苏省宝应县人,江苏省作家协会会员,江苏省民间文艺家协会会员。

最好的收藏

他喜欢收藏，但他的收藏与众不同。

他当过一个大部门的主要负责人，在位的时候，天南海北的地方他没少去。他有一个爱好，每到一地，都要买些当地有特色的东西带回家收藏，多少年了，一直乐此不疲。

聚散离合终有时，历来烟雨不由人。不知不觉间，他就到退休年龄了。

尽管他知道新老交替是历史规律，没人的时候，他就一个人背诵杨慎的《临江仙》来排解心情，"滚滚长江东逝水，浪花淘尽英雄。是非成败转头空。青山依旧在，几度夕阳红……"但平时天明到天黑忙惯了，一时闲下来，他还是有些不适应。

从领导岗位上退下来后，他的身体是一天不如一天了，直到有一天，他行动不方便了。这是他始料不及的，以前还能每天出门逛逛街，放松放松心情，突然成了"家里蹲"，他愈发觉得郁闷。

生活不能没有寄托，他明白这个理。不能出门，他便在家里把玩他的收藏，每一件都能引起他的美好回忆。

想起以前风风火火的日子，他心里愈发有了一种要出去逛一逛的念头。

这一天，儿子问他还有啥未了的心愿。他望向窗外，看着蓝天上飘动的白云，悠悠地想，工作时走了那么多地方，唯独还没去过草原呢。以前身体好的时候，没时间；现在有时间了，身体不行了。他不无感伤地对已经为官的儿子说："陪我到草原逛逛吧，此生我不想留下遗憾。"

儿子满口答应："行，爸，用轮椅推着您。等双休的时候，我让司机老刘开着咱的私家车去。"

他说："那样不好，双休日，老刘需要休息，不如雇个司机。"

六月的一天，儿子陪他去了呼伦贝尔草原。蓝蓝的天上白云飘，白云下面牛羊跑。望着一望无垠的大草原，呼吸着清新的空气，他的心胸也一点一点开阔起来，甚至有一种要升腾起来的感觉……一天下来，尽管身体有些疲惫，但他心里高兴。

看到父亲满意，儿子也掩饰不住内心的喜悦，不过，有一点儿子心里不痛快，每花一分钱，父亲都让儿子要发票。儿子有些不情愿，甚至心生鄙夷。这个老头子，看来在位时没少报销费用。

乘兴而来，满意而归。还是老习惯，临走，他还不忘带件蒙古族手工艺品。人家没发票，他硬是让儿子跑回去又要了一张字据。

回到家，他向儿子要发票和字据。儿子想，钱都是我个人出的，又不能报销，要发票干什么呢？儿子撒了个谎，说："爸，您都退休了,还是我拿到单位报销吧。"

他不肯:"你只管给我,不用你管。"

儿子知道,父亲以前的部下现在大都是部门的一把手,报销点费用即使单位规定不允许,他们自掏腰包也会解决,只要父亲肯开口。父亲也太抠门了,连这点钱都不舍得自己掏腰包。

半年后,他病危。临终前,他将儿子叫到眼前。儿子知道,父亲是不放心那些收藏。嘿!我才不稀罕那些玩意呢,没一样值钱的东西。

儿子没想到,父亲递给他的却是一本厚厚的相册,里面贴满了他外出买东西时大大小小的发票和字据。那最后一页贴着的,正是呼伦贝尔草原之行的所有票据。

儿子感到震惊。

他一脸自豪,仿佛用尽了平生的力气,语重心长地说:"儿子,这是我最好的收藏,里面记录了我一生到过的地方。现在我很欣慰,因为,无论什么时候,我都没有因为私事花过公家一分钱。"

儿子听后有些哽咽,把相册紧紧抱在怀里,跪下来,向父亲保证:"爸,您放心,我一定好好收藏。"

作者简介

宋炳成,中国微型小说学会会员、山东省临沂市作家协会会员,郑州小小说传媒有限公司、《故事会》等签约作家。作品散见于《小说选刊》《小小说选刊》《微型小说选刊》《小说月报》《时代文学》《故事会》等报刊。近百篇作品入选各种年选。出版个人作品集两部。

一瓶水

局长陈村的办公桌空荡荡的,只在左手边有两样东西:一瓶水和一面能直立的小方镜。一个大男人在办公室放镜子,有些少见;那瓶水无标签,一放就是好几年,更奇怪。

局里没有专职保洁员,科室的清洁各自负责。陈村也自己打扫局长室,遇到出差就由办公室代劳,所以局办主任有一把局长室的钥匙。

这天主任忙,就叫新来的小梁到局长室去打扫卫生,说局长下午回来,出差半个月了灰肯定很厚。

此前,小梁没进过局长室,充满了好奇。进来后,看到陈设简单,那些沙发甚至还没有接待室的好,神秘感一下子消失。他像平时一样忙活起来。抹桌子时,不慎把那瓶水碰落。拾起来看印在瓶肩上的生产日期,是三年前的。小梁随手扔到废纸篓里,之后倒进盥洗间旁的垃圾桶内。

说是废纸篓,却没有废纸,只有无法回收的塑料包装袋等。

陈村厉行节约，所有文件报表等都要求双面打印；对单面打印的，过后均须把另一面利用上。双面打印的过期材料，他就拿来在业余时间练毛笔字。练字后，放到一边，积攒多了交给办公室卖钱，这样招待来访者的茶叶就有了。对局长守财奴式的抠门，有人赞扬，有人嗤之以鼻，认为不过是作秀。

下午，陈村一进办公室便发现少了样东西。"那瓶水呢？"他问主任。主任问小梁，小梁说扔了。主任连忙去翻垃圾桶，谢天谢地，那瓶水还在。他把瓶壁洗净擦干，批评小梁："你咋能乱扔局长的东西？"小梁委屈道："那是过期的水。"陈村把那瓶水放回原处说："这水永远不会过期。"

小梁纳闷：那会是什么水呢，如此宝贝？

这天，局办公室收到一份文件，主任叫小梁拿去请陈村签阅。局长室的门虚掩着，小梁正要敲门进去，忽然听到里面有谈话声。旋见一老板模样的人从沙发上站起，走到办公桌旁，毕恭毕敬地递上一张名片："陈局，请多关照……"

陈村接过名片一捏，底下藏着一张银行卡。"多少？"他直接问。老板压低声音说："十方水。"陈村冷笑："十万块钱就想把我后半生买断了？况且这钱最后不归我，我不过是傻子似的捂着玩一下，有啥意思？"说着把卡扔还老板。老板又拿过来往他手上塞。

陈村抄过那瓶神秘的水往办公桌上重重一蹾："你十方水在我这瓶水面前不值一提！你知道这是什么水吗？"老板摇头。

陈村拿过镜子塞到他手上。老板一看，镜子里是不知所措的自己。"看反面！"陈村说。老板翻过来，镜子背后的玻璃下镶着一张竖拍的照片：陈村站在一块巨大的石碑旁，碑上写着两个触目惊心的红字——贪泉！

"这下你明白瓶子里装的是啥了吧。告诉你，我可是喝过贪泉水的人！"

老板吃了一惊。自言贪的官员他还是第一次碰到，可见胃口不小。再看陈村，甚至变得有些面目狰狞了。

"知道贪泉吗？"陈村凑过来问。

老板后退："不知……"

"连贪泉都不知道你还行贿！贪泉在广州石门，从晋代起就很有名，不少官员喝了贪泉都变成巨贪！我到广州出差时，就偷偷喝了贪泉，还带回了一瓶，要不要尝尝？"

"不不不……"

"你不想贪，怎么还想我贪？走吧，我还要开个会。"陈村挥手。

小梁闻言，连忙蹩进旁边的厕所。老板出来时说："我过些天再来，请陈局多多关照……"

陈村是真清廉还是嫌钱太少？小梁想了半天，不得要领。

几天后，那个老板又来了。他带来了一幅书法，分两行写了"慎独慎微，慎始慎初"八个字。喜欢练字的陈村眼睛一下子亮了。

老板拍马说："陈局饮贪泉而不贪，定力非常大！而要修炼出这种定力，就必须时刻保持慎独慎微、慎始慎初的清醒，强化自我净化、自我完善、自我革新、自我提高，切实增强内在免疫力……"

陈村打断他："行啊，你把全省书法泰斗的字都弄来了，厉害！此公的价格我清楚，每字十万元。"

"只要陈局喜欢……"

"我不喜欢。我可是喝过贪泉的人，少于一亿亿元，免谈！"

"一亿亿元，谁有这么大的身家！"老板叫了起来。

"那就请你走人！"

作者简介

梁柱生，偶用笔名容奇侠。现为中国微型小说学会会员、中华诗词学会会员、四川省作家协会会员、四川省诗词协会会员、江油青莲诗社理事、江油市融媒体中心记者。

榆木烟斗

夕阳和往常一样从玻璃窗照进来,把一片金色涂抹在墙上。

要离开了。俞木环视了雪白的墙壁、文件柜、办公桌椅,然后望向自己打包好的纸箱,里面是几十本工作日记、一些常看的书籍和茶叶筒、茶杯眼镜之类的杂物,当目光落在榆木烟斗上,他的思绪像微风吹过河面,起了层层涟漪。

这是父亲的烟斗,被几十年的时间包浆成褐色,泛着亮光。当年父亲从坚硬的榆木树根劈下一块,凿、铲、打磨而成,保留了木上的花纹和结疤,古朴、自然,掂在手上沉甸甸的,像一件艺术品。童年的他十分害怕它,若偷摘了邻家的梨枣或上学贪玩迟到,烟斗都会重重地落在身上,打得生疼。有次他放鹅时和小伙伴们下塘翻菱角去了,鹅们组团跑到邻村的田里,吃了一大片秧苗。回家后看到父亲拿着烟斗,脸黑得要下雨。他低着头赶鹅往院子里走,被父亲喊停,娘拦没拦住,父亲在他头上狠敲了一烟斗,顿时头上就鼓起了大包。他哇哇大哭起来。父亲说:"还哭！放鹅把鹅放跑了，你的心长哪儿了？鹅跑田里吃了人家那么多秧苗，秋天可都是稻谷粮食！和我一起去认个错！"父亲带上他去邻村认了错，第二天买来秧苗补栽上了。这件事给他留下了深刻的印象，每忆起都像当年一样清晰。

父亲是个木匠，做得一手好木匠活。家乡榆树多，父亲打的榆木家具结实耐用，几十年不变形，广为人称道。父亲只读过小学，但经常读书看报，对子女的教育很严格。小学、中学、大学，俞木都是品学兼优的学生，到单位上班后，就被组织上作为后备干部重点培养。但是，父亲好像更不放心了。他对俞木说："社会不比学校，形形色色，灯红酒绿，你要像榆树一样有韧性有定力。"父亲不仅列举现实一些官员贪腐误民的例子，还时不时地和俞木讲一些古人清廉为官的故事，像"以廉为宝""杨震拒金""一钱太守""悬鹅示众"等等，俞木每次回家，都像是听一堂廉政课。他笑着对父亲说："我明白您的意思，您放心吧。"心里说老爹真辛苦，天天搜集这些故事多不容易。

俞木以自己的能力和品德一步步走上更高的领导岗位，三十八岁时，担任了县局副局长。担子重了，他回家的次数少了，但每次打父亲的电话，还是像听课，而且内容更丰富了。有一次，父亲问："你知道为啥爹打的家具比村西头何叔打的家具受欢迎？"俞木笑答："您手艺好啊！"父亲说："不对。我和你何叔学手艺是一个师傅。我打家具用的是干透的老榆木，何叔用的是烘干的新榆木，榆树容易生虫，里面潮湿，不几年就会长虫、开裂、变形，变质都是从内部开始的。我给你起名俞木，是希望你像榆树一样，平凡但坚韧，你好好想想吧。"俞木听了，感觉父亲更像一名哲学家了。

俞木没想到当了副局长还会被老爹用烟斗敲打。一次饭局后，想到好久没看爹娘了，刚好有顺道车，就跟着回了家。到家后，娘高兴地问这问那，父亲看着他却不大吭声，只说："喝了酒，也不早了，洗个澡睡吧。"第二天早上，他在家里炕上熟睡醒来，感觉神清气爽。起床来到院子，忽见父亲坐在院子的石凳上，脸黑得像小时候鹅吃了邻村的秧苗那次一样。他心里一惊，忙快步走到父亲身边，叫一声爹。父亲指着旁边放着的一块香皂，说："看看吧。"他拿起一看，这不是娘昨天给他洗澡的香皂吗？上面怎么有几道沟？正当他疑惑不解时，父亲说："不知道这是什么？是老鼠吃的！我和你娘用的皂也放在外面，为啥老鼠不吃？你天天喝酒吃肉，气味当然招老鼠了！"俞木哭笑不得，说："爹，也没天天喝酒，有些应酬不去不行啊！""不去不行？还用枪逼你？成由俭败由奢你懂不懂？再说，吃人的嘴短，拿人的手软，还有原则性吗？你看你这肚子，这两年长成啥样了？这样下去，是想让我和你娘去探你的班房？"说着用手里的烟斗气愤地敲了敲他的肚子。俞木十分惭愧，自己当了这么多年的干部，觉悟还不如自己的农民父亲。他对父亲说："爹，儿知错了。您把烟斗给我吧，我会让它时时敲打我。"

以后，俞木就将这烟斗放在办公桌的笔架上，伴随着他担任局长、调任市里，烟斗成为他办公室一道独特的风景。同事们都熟悉了这榆木烟斗，以为只是一件工艺品。直到退休前的最后一次全局职工会议上，他才饱含深情地讲述了榆木烟斗的故事。他说为官多年，自己拒请、拒贿记不清有多少次，身居高位，两袖清风,儿子买婚房也是儿子自己分期按揭,被人说成"榆木脑袋",但心底坦荡亮堂,没有辜负党和人民的重托和期望,父亲的榆木烟斗,功不可没,它让自己时时警醒,不忘初心。

回望过去,俞木心里充满感慨和欣慰。

司机小王进来了,说:"俞局长,车子在外面,我送你。""不用了,就这一纸箱,路不远,我用自行车带走就行。"小王眼睛湿润了,帮着把纸箱搬下去捆在局长的老式自行车后座上。

晚霞满天,俞木推着自行车出了大门,却被眼前的一幕感动了,全局包括下属单位所有的职工,齐刷刷地站在门前的广场上来为他送行。电子屏幕上,一只巨大的榆木烟斗像一支巨笔,书写着两个绿色大字:廉洁。字化成两条清溪流淌,合流处又汇成一朵莲花,莲花渐渐收拢成一颗双手捧着的红心。

俞木分明感到,那颗心正在自己胸膛里有力地跳动着。

作者简介

王琼,安徽省合肥市作家协会会员。作品见于省内外报刊及网络平台。作品被收入十余部散文集、诗集。在诗歌、散文、小说征文大赛中多次获奖。

神　药

早晨出门，黄海觉得脖子后面有个地方痒。他媳妇在身后说：中午早点回来。黄海停住步子，头也没回。媳妇接着说今天立秋了。黄海说：立秋还有啥说法吗？媳妇说中午吃饺子。

黄海是村里的"一肩挑"，可谓忙人。这不，刚到村部，县电视台的记者就来了。黄海说：你们起得真早，都赶了这么远的路。记者苦笑说：您是大忙人，我们不起早就找不到您了。黄海说：今天你们要采访什么呢？记者就赶紧摆弄那拍视频的家伙什，说：咱们村是全县廉政建设样板村……黄海突然感到脖子后一阵巨痒，他不由得皱了下眉头。

打发记者走后，黄海就赶紧捂着脖子，来到了村部门口的医务室。见朱村医正在给本村村民柴虎把脉，不知为什么，他的心里"突突"跳了两下。柴虎笑着先搭话：黄村你的脖子咋了？黄海吁了口气：怕是火疖子吧？就见朱村医瞅了眼，说：上火了，没事儿。黄海说：你们当医生的整天把没事挂在嘴上，可不知这里有多难受。接着瞅柴虎:你咋啦?可没等柴虎张口就听朱村医说:不该问的你别问。这也是纪律。黄海心说:哈,你把那句话用到这儿啦。黄海发现,朱村医跟柴虎神秘兮兮的。再说柴虎走也没拿药啊。柴虎不像是来看病的。

柴虎走后,朱村医给他看脖子,黄海就有点心猿意马了。朱村医却认真得很:你这是一股火,等火泄了就啥事没有了。黄海问:那得啥时候泻,咋泻呢?朱村医说:那就得看你自觉不自觉了。黄海的心就跳得更厉害了,长个火疖子怎么还扯到那上头了?朱村医说:我说的是忌口,不该吃的别吃,能吃的别贪!黄海说:你要我扎上脖颈吧?

黄海回到家,总感觉朱村医话里有话。由于心里装着事,中午的饺子也没吃几个,害得他媳妇说:你在外头遇到了相好的,还是做错了事?看你失魂落魄的。媳妇一说,他就更来气:瞎想啥呢?是脖子疼你又不是不知道。媳妇说:看把你虚惊的,一个小火疖子能要命啊!黄海说明天长给你看看。媳妇话就软了下来:你还是到县医院去看看吧,别让那个朱村医给耽误了。黄海说:朱村医说他有神药。他媳妇说:那咋还疼得龇牙咧嘴的?黄海说:药还没用呢。他媳妇说:难道是等疖子好了治疤用的?你赶紧去,要他把药给敷上。

黄海觉得媳妇说得有道理,就又来找朱村医。走到医务室门口,正遇见柴虎躲躲闪闪地往外走。柴虎竟还很诡异地冲他笑了一下。

进屋后,黄海又问柴虎究竟得了啥病。这让朱村医有点不耐烦:你是来看火疖子,还是调查柴虎得啥病的?这让黄海有些下不来台：我就随便问一句，值当你这样吗？不告诉也就算了。朱村医就笑了：黄村，这个还真不能告诉你，有本事你自己猜吧。黄海就很尴尬。

看过黄海的脖子，朱村医告诉他，涂抹神药现在还不是时候。黄海就把他媳妇那句话说了。朱村医笑了：结了疤再涂药有屁用，我是等疖子熟透了，放了脓后，我的药涂上后永远不会再复发。

黄海最上心的还是柴虎。柴虎没病频频来医务室干啥？而奇怪的是，黄海越这么想，他的脖子就越痛了，以致痛得夜里睡不着。第二天发现，大火疖子旁又出了一大群小崽，痛得黄海脑袋木木的，村委会都不能去了，就在家里猫着。还不能躺，躺着就更疼。

夜里他实在熬不住了，爬上了离村不远的一个山冈。眼前是一大片玉米地，密麻麻、鼓胀胀的玉米穗像无数抱着孩子的妇女。就是这块玉米地，黄海统计上报时，给柴虎多报了十亩地，按照去年补贴标准十亩地得补贴款一千元，柴虎当场为他微信里打了五百元，自己得五百元。玉米补贴是政府付钱，村委会负责核准报送数字。过后黄海好后悔，你这是干了啥事啊？还有脸在记者面前谈廉洁呢。但已经做了，覆水难收。记住今后别再做就是了。

可他接下来发现远远没那么简单。柴虎一定是把这事跟朱村医说了，朱村医要整他。对啦，朱村医的另一个角色是村监察室主任。

这天傍晚，黄海召开村两委班子、村民代表参加的扩大会议，特约了柴虎参加。会上他痛心疾首地做了自我批评，并当场拿出五百元，说要放在村史展览的橱窗里，以作警示。把柴虎给的钱退了，柴虎的玉米补贴当然要恢复到原来的亩数。全场响起了经久不息的掌声。黄海却头冒汗、脸发热，这多不光彩啊！他偷偷瞅了眼坐在旮旯，似是打瞌睡的朱村医，心说你可别装了。但又一想，朱村医是为他好啊！

他又想起了脖子上的火疖子，竟感觉不咋疼了。

散会后黄海当然不能马上走，他得协助妇女主任把会场遗弃的烟头、碎纸屑收拾一下。这已经是他的习惯。当他走出来，发现医务室里还亮着灯，他想脖子是不是脓包熟透要破，到了该涂抹药的时候了。可他刚要迈腿，里边传出朱村医跟柴虎的对话。

昨儿夜里我媳妇好个表扬我。

这么说我的药管事儿了。

我这病你可得替我保密。

放心好了，连咱们黄村我都守口如瓶。

你说，黄村今晚这是唱的哪一出啊？

你懂什么，他这叫自我疗愈。

你是说，他不用你的神药了？

嘿嘿，我实话告诉你，他那火疖子根本就用不着敷药。

作者简介

田福，笔名田夫，内蒙古赤峰市人，中国作家协会会员。有微小说多次被《小说选刊》转载。2021年参加芮城县纪委监委组织的全国廉政主题微小说大赛征文，微小说《门卡》获一等奖。

心·花

踏破这湿漉漉的声音,紧握
雨丝细蒙蒙的小手,走进这个滤过尘嚣的清新世界
轻松得像鱼儿,游弋雨水漂流的空间

放眼金黄色麦田,格外鲜亮;过不了几天就得搬家
幻化成小雨的我,心中反复排练,牢牢用双手
把它举到心潮起伏的胸前,连同它根下的泥土
静静抱着,舍不得任何人,把它采摘
就像门前盛开的木槿花

——摘自王纪峰诗《夏雨》

院长住院了

王院长住院了，肾结石。

病房外，刘副院长提着一个果篮敲开了门："王院长，您这天天忙碌要注意自己的身体呀，感觉好些了吗？这几天可要多休息。"

王院长穿着医院统一的病号服，躺在病床上，捂着肚子："我这老毛病了，结石总是反反复复，没想到这次这么严重，得手术了。"王院长伸手拿起病床旁柜子上的保温杯，吸溜一口热水。刘副院长盯着王院长手里的水杯，眉头一皱，与王院长寒暄了一会儿，便出了病房。

在回自己办公室的路上，刘副院长心里一直犯嘀咕：前几年医院采购了一批商务直饮机，谁知道里面的水有没有进行进一步处理，如果没有，里面的钙和镁的含量过高，会导致水质过硬，结石发生的概率会升高。只知道这批直饮机是通过表弟购买的，自己吃了不少回扣。王院长的病应该和这没关系吧！

刘副院长前脚刚走，办公室黄主任敲开了病房的门："王院长，听说您的病情了，我很担心，有什么需要我做的您尽管吩咐。"说着将手里的鲜花放在病床旁的柜子上。王院长一手捂着肚子，客气地笑了笑："没什么大事，你有什么事先去忙吧。"

黄主任来看望王院长其实想探探医疗器械采购的事情，他女婿在做医疗器械的销售代理，前两天女婿就求着黄主任想托关系走个后门。黄主任刚想说出口，看见王院长时不时挠挠手臂，两三下就挠出红红的印子。他心里咯噔一下。王院长身上穿的病号服是黄主任负责采购的，这批衣服是黄主任小舅子竞标的，难道衣服偷工减料，用料不符合标准？黄主任不敢多提医疗器械的事情，心想还是赶紧去问问小舅子衣服的事。

黄主任离开病房后，王院长让夫人把花丢出去。原来，王院长对花粉过敏，闻到一点味道就会浑身瘙痒，手臂已经被挠出几道红印了。

不一会儿泌尿科的董主任来到病房，例行查房："王院长，您这结石前几次还没这么大，我记得您去年还做过体外碎石，这次体积太大了，得手术取石了，您今天就好好休息。""哎，也不知道什么原因，我这结石反反复复，太糟心了！"王院长皱着眉头说。

晚上，王院长翻来覆去睡不着觉，明天就是手术的日子，前几次体外碎石后，没过多久又复发了。王院长躺在病床上，心想：难道当初小姨夫的关系引进的体外碎石机效果不行？听说还是进口的。哎，只能进行手术取石了，希望明天手术顺利。

第二天，手术一切顺利。

再后来黄主任再也没有找过王院长打听医疗器械采购的事情，因为，医院的医疗器械让王院长亲戚代理的公司中标了。

半年之后，王院长、刘副院长、黄主任三人被纪检部门叫去谈话，接受各项调查。

作者简介

　　王玺清，山西芮城人，运城市作家协会会员。作品散见于《河东文学》《古魏文学》。

惊堂木

吴浩把客人离开时放到桌上的信封放进抽屉里，突然听到"啪"的一声，他顿时惊出了一身冷汗。那分明是爷爷掼惊堂木的声音！难道爷爷在另一个世界知晓了他今天的作为，发怒了？吴浩起身看了看旁边酒柜里的那块惊堂木，它还安安稳稳地躺在那里。这时，卧室里又传来几声同样的声音。是风，在肆意地吹打着一扇没关好的窗。

十几年前，当他背着行囊，带着这块惊堂木来到这个海滨小城闯荡时，还是一个性格腼腆的大学毕业生，现在，他已经是这个城市某事业单位的一位事业有成、令人羡慕的副局长了。

惊堂木是吴浩的爷爷留给他的，吴浩的爷爷是当时乡里地方戏剧团的一名演员，最擅长的就是演包公。吴浩小时候看过几回爷爷的表演，唱的什么词当时他也听不懂，但是一个情节他记忆犹新。扮演包拯的爷爷唱完一段戏词后，拿起一个长木块往面前的桌子上一拍，"啪"一个清脆的声音响起，马上有几个衙役抬上一口铡刀,铡刀上面的图案有时是狗头,有时是虎头,有时是龙头,就把戏剧里面的"坏人"给"铡了"。

后来,由于电影和电视机的冲击,爷爷所在的戏剧团解散了。爷爷回农村时没有带走他穿了几十年的戏服,只带了那一块惊堂木。每过一段时间,爷爷就会把那块带着花纹的木头拿出来,擦拭干净后再包住放进柜子里。在吴浩来这座城市之前,爷爷把惊堂木送给了他。

经过一夜的辗转反侧,第二天一大早,吴浩打通了一个电话。来人在吴浩的面前点头哈腰,很是客气。吴浩把信封摆在桌子上:"把你昨天忘在这里的东西拿走吧……"来人有些惊讶:"区区几万元的购物卡,嫂子不正在住院吗?买些营养品……"

吴浩从酒柜里拿出那个乌黑发亮的惊堂木,放在桌子上:"爷爷当初把这块木头给我,里面肯定有他想说而未说的话。他是演地方戏的演员,但在我的世界里永远是铁面无私、廉洁奉公的包公,我不能玷污了这块融入了他灵魂的木头。"

来人打量了一下惊堂木,脱口而出:"金丝楠木!木里黄金,上面还有古人雕刻,这么大的一块至少值几百万!"

吴浩有些惊讶:"真的假的?我爷爷只告诉我这块木头是一个喜欢听戏的老人送给他的,他嫌我爷爷的道具木块声音不够响亮,把他家里祖传的一块真正的惊堂木送给了爷爷。怪不得爷爷视若珍宝,这下我更应该好好珍惜它了。"

来人掏出手机,对着那块惊堂木拍了张照片:"我们的老板平时最喜欢收藏金丝楠木了,我回去汇报一下,让他高价收了。民间正规藏品买卖,公开公正公平交易,您不会有什么意见吧?"

晚上，吴浩从医院回来，对着那块惊堂木看了又看，像看一块金砖。他的爱人因肾病住院了，医生说至少要花好几万，治疗不及时还有可能会转化成尿毒症。虽然他现在是副局长了，但是日子过得依旧是捉襟见肘。如果这块惊堂木真的能换这么多钱，倒也能解燃眉之急，爷爷九泉之下若有知，肯定也会原谅自己的。

吴浩进入了梦乡。梦里，爷爷一遍又一遍地唱着包公戏，唱到关键处，爷爷把那块惊堂木往桌案上一掼，"啪"！吴浩从梦中惊醒了，始知是一场梦。接着入睡，又被惊醒，一晚上，吴浩竟然被惊醒了五六次。

那个人又来了，手上提了个沉甸甸的背包。吴浩知道，那里面全是现金。来人兴奋异常："我们老板看上了您的那块金丝楠木，决定用二百万元来收购，您若没有意见，我们一手交钱，一手交货……"

吴浩拿过沉甸甸的惊堂木，颤抖着正要递过去，这时手一滑，惊堂木掉在地上，"啪"一声脆响，竟然裂成了两半。吴浩听着这一声响，有一种如梦初醒的感觉。

吴浩说："惊堂木被摔碎了，再卖给您就有欺诈嫌疑了，等以后修好了再联系您……""没关系！没关系！碎多少块它都是金丝楠木，我们老板依旧喜欢……"对方边说边把摔碎的惊堂木往自己的身边搂，同时把背包递给吴浩。

吴浩此时声音变得严肃起来："你再不把背包收回，明天就去有关部门领吧……"

那个人一走到楼下，便怒气冲冲地打起了电话："老板，对方太顽固了，我没有录下有用的视频。关于工地批文的事，我们再找别的目标吧……"

吴浩去了文物鉴定部门，他的那块惊堂木只是块红柳木而已，最多值几百元钱。吴浩找工匠把摔坏的地方修补了，又让工匠重新喷了漆，在上面画了条流水潺潺的山中小溪。溪水很清，清澈得可以看到自己的倒影。溪水缓慢无声地流动着，它的前方是星辰，是大海。

作者简介

夏照强，生于山东莘县，有文字在《辽宁青年》《西江月》《故事会》《小小说月刊》等发表。山东省作家协会会员，威海市作家协会会员。

郑家一夜

入夜,喧嚣了一天的城市,犹如谢了幕的剧场,慢慢静了下来。

郑廉像往常一样,刚刚洗漱完准备入睡,门铃嘀铃铃响了。他一看墙上的挂钟,时针正指向十点,嘴里嘟囔着:谁呀,这个点还找上门来。心里想着,他的脚步挪出了客厅门,融融的月光下,穿过小院径直走到大门后,先从猫眼窥视。他像鲁班打线,闭上一只眼,使劲往外瞅,这才看清了是工程队的头儿老程。开,还是不开?他犹豫不定,不知怎的脑子里一闪念,手还是不由自主打开了门。老程手里提着一只黑色的袋子,踉跄着像一只夜猫子,倏地闪了进来,嘴里说着:对不起郑局长,打扰你了。郑廉本能地用手挡了一下说道:老程,这么晚了,有啥事儿明天到办公室说,好吗?老程一把攥住郑廉的手,附在郑廉的耳朵上,轻声回说:院子里不方便,咱到屋里去说,就几句话。他拽着郑廉的手就要往屋里走。郑廉挣脱老程的手,关好大门,一起在客厅里坐了下来。

郑廉在县水利局局长的位置上已干了整整五个年头了，今年已五十八岁的他，马上就步入花甲之年了，这意味着，他的政治生涯就像他头顶上稀疏的头发，日子越来越少。可县里最大一处工程，却偏偏落在了他的头上。这一任县委县政府要把一条绕城百年、乱石飞渡、杂草丛生的金沙河改造成一个生态湿地公园，造福全县人民。投资在两个亿左右，也算是一个宏大工程。工程预计两年时间，他在位恐怕是完成不了了。虽然再有几个月他就要卸职了，可招标启动都要在他手里完成。

郑家的客厅里，郑廉和老程面对面坐着，老程嬉皮笑脸，单刀直入说出了来意。他说：郑局长，金沙河工程投标的事还得你多多关照，我给你带来了几条好烟，今天这是小意思，事成之后另有重谢，我程某说话是算数的。郑廉听着老程的话，心里翻江倒海。他看着老程期盼的眼神，严肃而庄重地说：老程呀，今天在办公室，该说的我都跟你说了，你不要抱任何幻想，还是去参加投标吧。可老程盯住郑廉的脸，还是穷追不舍：郑局长，千槌打锣一锤定音，这投到最后还不是得你拍板定案吗？见了你我心里就瓷实了。郑廉没说话，抬头看了看墙上的钟已是十一点了，老程心领神会，便起身告辞。郑廉拎起茶几上老程的烟袋子就追了上去，可老程像只兔子一丈五尺地蹿，转眼间到了大门后。郑廉见这深更半夜里不便大声嚷嚷，转身又将烟袋子放回了茶几上，随后去追老程，谁知老程自个儿开了门，早已溜之大吉。

回到屋里的郑廉，脑袋还在嗡嗡地响。他下意识地往茶几上一扫，突然感到出现了幻觉，老程送的烟袋子不见了。他的神经一紧张，立马想到一定是在卧室里的老伴收起来了。于是，他便来到卧室，可老伴已和衣睡着了。郑廉想，这就怪了，一楼除了老伴，别无他人呀！难道刚才送老程时，屋里进了贼？他又到院子里打开了灯，四下环视，高高的院墙，四处静悄悄。他纳闷，抠抠脑袋，又回到屋里，刚坐在沙发上点了一支烟，二楼的楼梯上就有了脚步声。他一抬头，只见从二楼楼梯上"咚"地扔下一个袋子，不偏不倚扔在了茶几上，正是老程送的烟袋子。紧随其后的是一声闷雷似的声音：小心炸药包炸了！这突如其来的举动将郑廉吓了一跳，他打了一个冷战，仰起头一看，是儿子郑声踢踏踏踏地从二楼走下来，后面还跟着儿媳妇金美玲。郑廉虎着脸气呼呼地埋怨儿子：半夜三更，你这是搞什么恶作剧？郑声却反驳道：不是我，而是你在搞恶作剧。他顺手将烟袋子抖了个底儿朝天。真相大白，老程的烟袋子上面只是两条中华烟，下面则是捆得整整齐齐崭新的人民币。此时，在里屋已醒来的郑廉妻子赵雅芝，听见儿子和父亲的一番对话，觉得有点不对劲。她走了出来，一眼看见散落在茶几上的一大堆钱，自然心知肚明，便顺手把散落的钱又重新装进袋子里，埋怨儿子郑声：声儿，你这是干啥？和你爸有话好好说嘛！儿子郑声用手把钱袋子提起抖了抖，调侃地说道：干啥？这得问问郑局长，这钱是哪儿来的？郑廉耷拉着脑袋，坐在沙发上。郑声示意让母亲和爱人都坐下来说话。

一家四口围坐在客厅的沙发上，围着像炸弹一样的钱袋子。郑声义正词严地说道：郑廉同志，在这里，我以一个纪委副书记的身份和你说话，请你听仔细了。郑廉抬了抬头，脸红得像柿子，用惊奇的目光打量着眼前一反常态的儿子。他嘴张了张，欲言又止。郑声坦诚地说：刚才，你和老程的谈话，我在二楼听得很清楚,这纯粹是一出权钱交易,我数了数,整整五十万元,这可不是小数目啊,你知道这是什么性质吗?

原来,趁郑廉送人的当儿,郑声蹑手蹑脚下楼拿走了袋子。

郑廉摇了摇没有头发的脑袋,窃窃地从牙缝里挤出来两个字:受贿。郑声接住郑廉的话乘势而入:算你说对了,明明知道是受贿,为啥还要收下?郑廉辩解道:他说是几条好烟,我也没在意,况且我追他没追上,我确实不知道是钱。郑声又紧逼着来了一句:你压根就不该给他开门。坐在一旁的儿媳妇金美玲是县检察院的检察官,这时觉得是应该说话的时候了。她温婉而诚恳地说:爸爸,你不知道就好了,你要是明知故收的话,这就构成了受贿罪。一直坐在沙发上没吭声的赵雅芝倒抽了一口气,如坐针毡,"咚"的一声站了起来。她为郑廉袒护道:可别,你爸爸从来没收过人家的钱财,这不就只剩几个月的时间了吗?……话还没说完,郑声便毫不客气地打断了母亲的话,义正词严地说:正因为还剩几个月的时间了,作为一个共产党的领导干部,咱们一定要保持晚节,做一个清清白白的好官、干干净净的好人,给自己政治生涯画一个圆满的句号。

此时的郑廉两手捂头,摇得像个拨浪鼓,显然是有点后悔了。他唉声叹气,嘴里不住重复着:唉,我老糊涂了……抬头问郑声:那现在可咋办呀?郑声毫不犹豫地回答:现在只有一条,咱们带上钱袋子,立即去纪委说明情况。儿媳妇金美玲也在一旁坚定地劝说:郑声说得对着哩,只有连夜把钱带上,到纪委一五一十把情况说清楚,才能得到宽大处理。

郑声拿起手机,立即联系了纪委书记鲁实。

纪委大楼信访室里灯火通明，鲁实早已正襟危坐，等候在此。郑声提着钱袋子，带着父亲、母亲、媳妇以及工程队的老程，一同走进了纪委大楼。

当郑廉一家走出纪委大楼时，东方已泛鱼肚白。

新的一天开始了！

作者简介

陈浩龙，山西夏县人。热爱文学，喜欢写作。著有作品集《我寄乡愁与明月》。

一枚铜钱

下午下班回家,雷明看见儿子专心在书房练字,心里很高兴。

按照他的"旨意",儿子最近专练两个字:清廉。他要求儿子反复练,练他七七四十九天,直到他可以满意地贴到墙上当座右铭为止。

雷明每天都要花点时间辅导儿子。今天他走进书房一瞧,愣住了:一枚铜钱,镇尺一样,压在一幅刚完成的"清廉"书法作品上。铜钱很大,正面四个繁体字:咸丰重宝。

铜臭与清廉为伍,很滑稽,很别扭,很不吉利。

雷明问儿子:"哪儿来的?"

儿子说:"用文具盒跟尧尧换的。"

雷明提高声音:"为什么要换?"

儿子被爸爸的样子吓傻了,嗫嚅着不知说什么好。

雷明把铜钱装进自己衣兜里,心事重重地回到卧室。

文欣随后跟进来,埋怨丈夫:"我说你呀,廉政那根弦绷得太紧，草木皆兵，把小孩子玩的一枚铜钱，当成糖衣炮弹了。"

雷明没有接茬。他坐在沙发上，从衣兜里掏出铜钱把玩，自问自答："什么叫廉政？最起码，离钱远点，最怕跟钱扯不清。"

文欣拿过铜钱瞟了一眼，不以为然地说："这是古代的钱，早过时了。"

雷明又把铜钱要回来，一边欣赏一边说："虽然过时了，但它摇身一变，成为古董，更加值钱。"

儿子噘着嘴，磨磨蹭蹭地走进来，望着爸爸欲说什么。不等儿子开口，雷明先问儿子："是尧尧提出要跟你换的，还是你提出要跟他换的？"

文欣嗔怪丈夫："哎呀，真啰唆。有问题叫儿子退回去不就完了吗？干吗要盘问，像审犯人！"

雷明解释："如果是儿子提出要换，说明儿子不仅有占便宜的思想，还有打着爸爸旗号谋私利的嫌疑，这是很危险的，必须引起重视，防微杜渐。"

儿子赶紧申辩："不，不是这样。尧尧做梦都想要文具盒，提出用他的旧铜钱换我的新文具盒。我知道他们家是贫困户，就答应了。爸爸不是老说要扶贫吗？"

文欣看看丈夫："听见没有？儿子很懂事，有颗爱心，骨子里遗传了你的优良基因。"

雷明这才稍微放下点心来。他看看表，和妻子一起外出散步。刚跨出门槛，迎面碰上尧尧和尧尧的父亲。

"雷镇长，对不起，尧尧不懂事，不该用旧铜钱换你儿子的新文具盒，特来向你道歉。"尧尧的父亲说完，把文具盒还给雷明。

雷明赶紧说:"大哥,别小瞧铜钱,那可是古董啊!"

尧尧的父亲笑笑说:"哪儿来的古董?假的,值不了几个钱。"

雷明接过文具盒,转手把它塞给尧尧:"这是叔叔送给你的,祝你学习进步。"

尧尧赶紧用双手捧住。尧尧的父亲试图从儿子手里夺回文具盒,但被文欣拦住了:"大哥,别委屈孩子。尧尧高兴,我们也高兴。"

尧尧的父亲只好作罢。

雷明又从衣兜里掏出那枚铜钱还给尧尧的父亲。

尧尧的父亲连忙用双手推开:"送给侄子玩吧。还是旧铜钱换新文具盒,嘿嘿,不好意思。"

雷明不再说什么,收回铜钱,重新装进自己衣兜里。

晚上,雷明做了个梦,梦见自己被死死卡在一个方框里,呼天不应,叫地不灵,憋得快要断气时,"啊"的一声醒来,大汗淋漓。

文欣吓得不轻,赶紧拿毛巾给丈夫擦汗,担心地问:"怎么啦?"

"做了个噩梦。"雷明缓了口气说。他向妻子描述梦境,细细咀嚼,感到一阵后怕。"哎,你说尧尧的父亲会不会撒谎,明明是真的,偏说是假的?"

文欣望着丈夫:"为什么要撒谎呢?怕露财?"

雷明点点头。

文欣不赞同："尧尧家祖祖辈辈都是农民，家里藏几枚假铜钱不稀奇，要说真古董，恐怕没有。"

雷明说："古董这东西很神秘，东传西传，传到他们手里也未可知。我猜想，铜钱是尧尧从家里偷拿出来的，被他父亲发现了，急着要追回去。"

文欣质疑："如果铜钱是真品，尧尧的父亲又知情，他肯随随便便送给我们的儿子吗？"

"那倒也是。"雷明不得不承认，但他同时又想：假如铜钱是真品，尧尧的父亲不知情，也不相信，那该咋办？

雷明心里隐隐不安。他上网查了一下，不查不知道，一查吓一跳：一枚"咸丰重宝"铜钱，少则几元十几元，多则几万十几万，甚至高达一百多万。

雷明决心弄清楚铜钱的真假，万一是真品，就亲自送到尧尧家，物归原主。

几天后，雷明和王书记一起去省城出差，顺便去了一趟省博物馆。雷明拿出铜钱请文物专家鉴定。文物专家只瞄一眼就断定是仿品。

从博物馆出来，王书记感慨不已："一枚假铜钱，让一镇之长操碎心。只有你才做得出来。"

雷明饶有兴趣地给王书记讲铜钱的妙处：铜钱外圆内方，包罗万象。宇宙——外圆代表天，内方代表地；社会——外圆代表和谐，内方代表法规；家庭——外圆代表和睦，内方代表礼节；个人——外圆代表和气，内方代表修养，等等。

"敢情一枚铜钱，还有恁多讲究？"王书记大开眼界。

"是啊。我愿做一枚铜钱,外圆内方。"雷明具体阐述,"外圆——尽职尽责,努力把工作做好,让老百姓满意,积极营造风清气正、和谐稳定的社会环境;内方——多学习,严格要求自己,不逾矩。"

王书记知道,雷明一直都是这样做的,心中充满了敬佩。

出差归来,在全镇干部廉政教育培训班上,王书记手拿一枚铜钱,给学员们讲外圆内方的故事。课堂鸦雀无声。

作者简介

韩铁照,笔名寒流,湖北天门人。湖北省作家协会会员,中国微型小说学会会员,中国寓言文学研究会闪小说专委会会员。2021年中国闪小说十大新锐作家。出版文集《铁树开花》。

底　气

那天下班时，突然下起了大雨。

县审计局投资审计科科长庄志强，冒雨驾车行驶至半路时，被在市某建筑公司做业务员的发小招手拦住，让他顺路捎一程。发小下车时，悄悄地往他的车门储物格放了一个玩具盒。庄志强眼疾手快，一把抓住发小的手说："等一等——"他将玩具盒打开后，几张夹在说明书内的购物卡露了出来。他厉声劝其把东西拿走。发小说："快过中秋节了，这是我个人的一点心意，与工程上的事无关，你放心收下好了。"庄志强脸色一沉说道："我拿了你的购物卡，就成了被扎破的轮胎，说话办事就没底气了！"相持之下，那发小只好拿起自己的东西，扭头悻悻离去了。

这样的事，庄志强没少遇到过，就因为拒绝收礼，他被人扣了一顶"不近人情"的帽子。然而，他却从不后悔。

那年，庄志强硕士研究生毕业，考入县审计局当了一名审计员。上班的头一天晚上，爹约他到家门外的荷塘边，望着满塘盛开的荷花道:"娃儿,你明天上班后,就是公家的人了,俺想给你讲个你爷爷的故事!"

儿时的庄志强,最喜欢听爹讲古代清廉的故事:以廉为宝、俸银八两、陶母退鱼、悬鱼太守等等,他至今仍记忆犹新。等他上学识字后,爹又教他背诵《庄子·说剑》:"诸侯之剑,以知勇士为锋,以清廉士为锷;以贤良士为脊,以忠圣士为镡,以豪杰士为夹……"他现在还能全文背诵。

可爷爷去世得早,他对爷爷没有什么印象,只知道他老人家当了一辈子农民,能有什么故事呢?

只见爹长吁了一口气说道:"1948年,淮海战役打响,你爷爷担任了支前小车运输队队长。支前路上,部队打到哪儿,他们就跟到哪儿。宁可吃自带变粮的菜团子,也不动一粒军粮。那次突然遭遇敌机空袭,你十六岁的舅爷设法隐蔽粮车时,不幸被炮弹炸伤胳膊。见他失血过多,晚饭前,负责烧汤的民工和你爷爷商量,想从军粮中挖出半碗白面,做碗面汤为你舅爷补补身子,可你爷爷死活不同意。短暂沉思之后,只见他抱着个小布兜,走进了附近的镇子。等他回来后,手里的布兜不见了,却从怀中掏出三个馒头塞给了你舅爷。事后才知道,他是拿自己舍不得穿的一双新布鞋换的馒头。你爷爷在世时,不知把这件事讲了多少遍,一再告诫俺们兄弟,公是公、私是私,公私要分明。"

庄志强深知爹的心思。爹是一个有着三十年党龄的老党员,在生产队担任现金保管员二十多年,收支账目清清楚楚,保管的现金分毫不差。那次,为生产队卖黄烟的社员来缴款,爹在清点钱币时,一枚面值贰分的硬币,从三斗桌上掉了下来。他看到后,连忙把这枚硬币捡起要往衣兜里装。爹大声呵斥道："赶快还给我，这是公家的钱，咱不能要！"就在那天，爹给他们兄妹俩立下一条规矩：公家的东西一分也不能沾。

一晃十几年过去，庄志强从审计员做起，历经农业审计科、财政金融审计科、经济责任审计科等不同岗位锻炼，一步步成长为投资审计科科长。无论岗位怎么变，他"严查细究、审深审透"的作风没有变。

去年秋天，他带队对县直某单位新建办公楼进行竣工审计。初期查验时，看上去各种资料、手续齐全，定额标准也合规，没有发现什么问题。然而，在这期间，他却接了两个熟人的电话，都要求给予关照。建筑公司的老板也显得格外热情，又是请吃喝，又是送礼品。这一连串反常的表现，引起了他的疑惑。他带领几名审计员逐项抽样检查，发现施工队报告的工程量与事实不符，当即要求对方重新出具验收报告。

那家公司的老板慌了，见使尽招数也打动不了他，便采取迂回战术，托关系请来庄志强当村民委员会主任的表叔说情，劝他网开一面。庄志强诚恳地对表叔说："当年支前路上，俺爷爷宁愿拿一双舍不得穿的新鞋，为您家受伤的俺舅爷换馒头补身子，也不愿动半碗军粮。眼下，俺可不能眼睁睁看着国家财产受损失啊！"审计结算中，他依法依规审减了多余的款项。

家风正，底气硬。庄志强在不懈的传承家教家风中，默默地当好国家财产的"守门人"。年初，在县里召开的廉政标兵报告会上，他信心十足地说道："回顾十几年走过的路，家教家风是我做好审计工作最大的底气，比比我祖父和父亲一辈子严于律己、公私分明的作风，我更要坚守克己奉公的清廉本色，守好国家的'钱袋子'，当好反避税的'守门员'。"

作者简介

薛培政，山东临朐人，河南省作家协会会员，河南省小小说学会理事。作品散见于《小说选刊》《小小说选刊》《百花园》《山西文学》等报刊，并入选各类年度选本，获《小小说选刊》双年度优秀作品奖、第九届小小说金麻雀奖等奖项。

局长身边有美女

听说教育局将新调来一位局长统领全局。年轻有为、作风正派、兢兢业业、大公无私……这些评价在局长还没到任前就已经传得好不热闹了。"听说局长四十不到呢""听说局长还是名校毕业的博士生呢""听说他做事雷厉风行,却没有一点领导的架子"……

在大家的期盼下,新局长终于走马上任了。

局长果然是好局长,平时对待下属很是和气,而且生活上也很关心下属。下面的人不管有大事小事,总喜欢越级直接找局长帮忙,局长总是不嫌麻烦,只要能帮的,在权限范围内、在不徇私舞弊的原则内一帮到底。局长工作做得也很认真,事必躬亲,凡是能自己做的,决不让下属帮忙,有了责任自己先承担,再检讨,有了功劳也总忘不了基层的同志。

局长是个好得不能再好的局长,这是大家公认的。连局里的门岗老张对局长都一口一个称赞:"他人可好了,俺儿子高考填报志愿，不知道报哪个学校比较好，就是请他给指点的。这不，俺儿子现在上的大学，和局长当时上的是一个学校！"老张逢人便夸局长，粗大的嗓门加上绘声绘色的语言，局长的"事迹"很快就传遍全局了。

局长到任的消息连同他的口碑一起很快传了出去，一传十，十传百，那些想托关系办事的"苍蝇蚊子"们闻风而动了。"局长抽烟不？""局长喝酒吗？""局长有什么爱好？"……他们四处打听局长的情况，寻找突破口。甚至，有人直接将一包装着十万元钱的档案袋暗中塞到局长的办公桌里。不过，局长既不抽烟又很少喝酒，对于前来邀饭局或送礼的人总是婉言相拒。至于那个档案袋——早被局长上交纪委了。

然而，关于局长的负面新闻还是出来了，还是桃色的：有人亲眼看到局长车里有个漂亮的女孩，二十出头的样子，青春可人。那个人还用手机拍下了照片。照片中，局长正温柔地捏女孩的脸蛋呢。照片被多人"鉴定"了，绝对不是局长夫人！局长夫人大家都认识。局长还有个儿子，在外地上学。局里像炸开了锅，大家都在猜测这女的是谁。一直夸赞局长的门岗老张沉默了，独自琢磨着："这么好的局长怎么也会犯这种错误啊？"不过议论归议论，大家可不敢在局长面前询问这种不光彩的事情。

时间一天天过去，局长还是那个两袖清风、工作认真、态度和善的领导，可是，大家的心里都结下了疙瘩。某一天，更夸张的事发生了。局长居然大大方方地把照片中的女孩领到局里，并给她安排了个工作，说："这是刚毕业的大学生，来这里实习一段时间，希望大家多多照顾她。"丢下这句话后，局长好像也没给女孩太多的照顾。女孩工作挺积极，做事也认真仔细，平时很少和局长接触，甚至见面都很少说话。有好事的人试探性地问女孩："你以前就认识局长吧？怎么认识的？"女孩微笑着，没说话，继续做她的工作。没得到证实的猜测越发迷离。

局里人多嘴杂，"局长身边有美女"的消息很快传到外面。"苍蝇蚊子"像闻到了鱼腥气一般蜂拥而至，纷纷打探内幕。特别是上次因为局长将行贿事件报告纪委后受到处罚的那个建筑商，心里乐开了花，原来所谓的好局长也不过是个道貌岸然的伪君子。为官之道，表面一套，背后一套，是个两面人。

建筑商盘算着自己那件棘手的事还没落实，需要局长的"帮忙"。既然软的不行，就来硬的。于是心生一计，想派人跟踪局长，偷偷拍下他和那个女孩的亲密照片，以此相要挟。

终于被他逮到机会了。一个星期天的早晨，局长和那个女孩挽着手，在公园散步、聊天的亲密样子被他拍下来了。他迫不及待地将照片打印出来，星期一一大早就等候在局长办公室门口，手里还拎着他那个项目的审批书。他暗想，有这些照片在，审批通过就是板上钉钉的事，还怕他拒绝？

事情出乎意料。局长看了照片，显得很平静，说："你这个项目是违规的，政策上根本不允许，你不用费心思了，我不同意。而且你现在的行为是违法的。你好自为之。"

"你不怕我把这些照片公布出去吗？"建筑商有些惊讶，"你不同意，我就把你举报了！"

"清者自清。"局长义正词严地说。

纪委来了，局长被带走谈话了。

第二天，局长回来了，那个年轻的女孩走了。

几天后，纪委发出了一份关于局长和那个女孩的调查报告。各种猜测一下子明朗了。门岗老张这回不沉默了，他笑呵呵地逢人便说这个故事："女孩是个孤儿，十几年前，父母因车祸去世，留下她一个人孤苦伶仃。局长是在孤儿院里见到她的。局长见她聪明伶俐，又喜欢读书，就收养了她做干女儿，并资助她上了中学，读了大学。他们之间的感情比亲父女还亲。今年，那个女孩面临毕业，她到局里只是实习，增加工作经验。她现在已经去西部支教了，因为她说她要去帮助更多的孩子，她要像局长那样做个正直善良的人。"

作者简介

张勤光，河北省邯郸市人，曲周县作家协会副主席。在全国各地媒体发表文章多篇，多次参加各级各类征文大赛并获奖。

王老憨送礼

"嫂子,这点意思你就收下吧,我们真的是想求乡长办点事的嘛!"

"我们长新不在,下乡去了,而且他说了,有事去他办公室说。"随后,一个身穿笔挺西服的中年男子就被推了出来。中年男子刚转身却一头撞在了一个人身上。他仔细一看,是一个五十多岁的农民,穿着四五处打补丁的粗布衣裳,肩膀上还扛着个麻袋。

中年男子眼角闪过一丝鄙夷之色,还想转头说点什么,就听到那老汉喊:"秀……"

"哎呀,老憨叔你咋来啦?"

那年轻女子赶忙把老汉迎进家里,对门外的中年男子说:"我家来亲戚了,你赶紧走吧。"说着把门关了。

"秀啊,家里新下来的棒子可美了,我说让乡长尝尝。要不是他上次下乡给我们村解决了通水的问题,可种不出来这新棒子。"

操着乡音，王老憨就把随身的麻袋扯过来，掏出几个鲜嫩的玉米穗。

"看你说的叔，这是长新他该做的……"

王老憨在家里等了一下午也没见着人，走的时候乡长媳妇给他装得满满的，又是罐头又是饼干还有一包袄旧衣服，特别是农村人都爱喝的大叶茶也装了一包。

一晃七八年过去了。王老憨又扛着一大麻袋苹果来了赵乡长家，只不过这次他特意穿了一身西服却也皱巴巴的。

"老憨叔，你这可有几年没来了，家里都好吧……"

"好，好，好多了，去年赵乡长把罐头厂子引进到咱们乡里，全乡果园的果子提前都被厂子买下了，光今年咱们种苹果就多挣了两万来块钱，可比原来自己卖强多了。"

"我把咱们村最好的果子新品种给孩子们拿了点，都让尝尝，也表达一下咱们对赵乡长的心意么。"

"老憨叔，你咋净说这见外的话了，长新他就是干了他的本职工作，你们过得好了，他晚上就能睡得着觉了。"

这次王老憨没多待，好不容易进趟城，他还要采购点村里没有的东西。走的时候，秀同样给他塞了不少东西，当然也没忘了把他最爱喝的大叶茶给装上。

辞别了秀，王老憨往外走的时候，一辆皇冠轿车几乎贴着他嗖的一声从身边疾驰而过，在不远处停了下来。

他正要回头骂一句，就看到车上下来个油头粉面的男人，拿着个精致的小盒往乡长家走去，这反倒勾起了他的好奇心。隐约听见一句:"我就找县长……"结果那个精致的小盒就被人扔了出来,中年男人也垂头丧气地走了出来。

王老憨心中暗骂一句:"不长眼的东西,你找县长跑乡长家里干个甚……"

又过了七八年。农民的日子越来越好了,王老憨脸上的笑容也越来越多了。家里盖了二层小楼,过两天儿子娶媳妇,想邀请孩子秀姨来参加婚礼,于是又找了几个麻袋,想装上点农村土特产送过去,却被儿子制止了:爸,人家县长能看上你送的这东西?一看你就不懂,现在送礼都是要送钱了。你不用管了,我来准备吧。王老憨有点恍惚,现在好像这东西确实是有点拿不出手了。但又说不上哪里不太对。

这次是儿子开上小汽车来到了赵县长家。

"哟,老憨叔,儿子都这么大了?你这生活过得是越来越美了,小汽车都坐上咧。"

"全靠县长治理得好,咱农村现在可多发财致富的门道了,只要好好干日子只会越来越红火。儿子过两天要结婚了,过来给你送喜帖了。"说着王老憨就把请柬递了上来。他儿子又递上来一大红包说:"秀姨,以后咱们干事儿还要多靠县长给招呼了,这是晚辈的一点儿心意。"

秀的脸色明显冷了下来,直接对王老憨说:"老憨叔,婚礼我肯定过去,但是这红包我不能收,你这是让老赵犯错误了。"

看着秀的表情,王老憨没再敢说啥,连忙让儿子把红包收了回来。

走的时候,秀只给他们装了两大包大叶茶。王老憨感慨地说:"这么多年了,县长还是爱喝这大叶茶?"

"爱喝,他这辈子都爱喝,改不了了。"秀笑呵呵回道。

晚上,在电视前打盹儿的王老憨突然听到一则消息:赵长新同志作风清廉、工作踏实、成绩显著,即日起调任××市任市委副书记……

王老憨喃喃道:"人家升了……好官儿升咧……好事儿啊!"

作者简介

王亮智,自由撰稿人,擅长诗歌、散文、小说写作。

举 报

"咚咚咚，咚咚咚"的敲门声响起，鸿雁的心不由得揪起来。自从爸爸李春阳当上城建局局长以来，家里就再也没有安静过。每天晚上都有不同的人来家里，父母为了躲清静，晚上都会出去转，或者去奶奶家，只留下她一个人在家写作业。而她听着那坚持不懈的敲门声，听着门外不停走动的脚步声，书里写的什么，一个字也看不进去了。

知了抓住季节的尾巴尽力地嘶鸣着，广场舞的音乐震耳欲聋，这些都让她烦躁不安。以前学习时，根本注意不到这些噪声，一门心思钻进课本里，真的是两耳不闻窗外事。现在，只觉得到处都是噪声，夜里睡觉也一直做噩梦，学习成绩是直线下降，班主任都给妈妈打过几次电话，叮嘱她多关心鸿雁，因为马上就要参加中考了，如果一直这样，怕是考不上重点高中。妈妈问她怎么回事，她也不说，只是一直问："能不能不让爸爸当城建局局长了？我害怕。"爸爸以为有人威胁她，就让妈妈每天上下学接送她。

其实这样是源于那天晚上放学,她刚把门打开,就看到一位叔叔拿着一张卡递给爸爸。看到她回来,那位叔叔就尴尬地告辞了,而那张卡却留在了茶几上。爸爸看到她回来,面不改色地微笑着说:"宝贝女儿回来了,我给你盛饭去。"说完就收起了那张卡,把饭端上了桌。她盯着爸爸看了好久,爸爸却什么也没有说。从那天晚上起,她就开始食不知味,寝食难安,每天做噩梦,经常梦到爸爸被纪委的人带走。她有个同学的爸爸,就是因为贪污,最后事情败露,在单位的卫生间里割腕自杀了。那个同学因为舆论压力和同学的白眼而辍学了。她心里非常害怕,害怕爸爸也走上那条路。

爸爸以前经常教育她,要做一个心中有大义的人,要有一颗包容之心,要有奉献精神,要去帮助需要帮助的人,说这个社会,值得我们去维护,值得我们为之奋斗。我们要扬清排浊,要维护社会正气,要敢于与邪恶做斗争。他还鼓励她学习法律,用所学去回报社会。可是,现在他怎么变成这样了,他还是那个她认识的爸爸吗?她现在都不敢相信任何人了,连最亲近的爸爸都变坏了,她还能相信谁呢?她学习的意义又是什么?她找爸爸谈话,说希望爸爸把收到的钱退回去,可是爸爸却笑着说:"小孩子,知道什么?你只要好好学习就好了,不用管大人的事。"她彻底失望了,陷入了痛苦的深渊。她深思熟虑后,做了一个决定,写了一封信投了出去。

一个周末,全家人正在吃饭,门铃响了。她打开门,只见几个人走了进来,介绍说是纪委的,需要向爸爸了解个情况。她看着爸爸，爸爸却笑着说："不要担心，我很快就会回来的。"她焦虑不安，又充满自责，只能和妈妈相互安慰。没想到，晚上爸爸就回来了，而且爸爸摸着她的头说："我知道是你举报了我，我很欣慰，你是一个明辨是非的好孩子。"原来，爸爸把收到的钱都捐给了希望工程。爸爸说："那些老板不是有钱吗？喜欢送礼吗？那就让那些钱送给需要的人吧。"爸爸用这种方式，已经给希望工程捐了几百万了。鸿雁很吃惊，问："爸爸，你把钱捐了，不给他们办事，他们不找你麻烦吗？"爸爸笑着说："我以他们的名义捐款，还让记者大力宣传他们的慈善义举，他们怎么好意思找麻烦，只能哑巴吃黄连——有苦说不出。"鸿雁为爸爸的智慧由衷地赞叹。

今晚，天气还是那么燥热，知了还是没完没了地鸣叫，但是鸿雁却睡得分外香甜。

作者简介

陈永安，山西省作家协会会员，著有短篇小说集《两个人的村庄》等。

铁公鸡

老王是单位里有名的"铁公鸡",有几个年轻人在背后总喜欢这样偷偷叫他。

说老王是块"铁",是因为他在法院工作,业务熟练,裁决公正,总是能让原告、被告双方心服口服。并且判案过程中,他严格遵循法律的明文规定,绝不听任何人打招呼、递条子,腰杆子硬得很!

有一次,县里政法系统的一位领导亲自来办公室找他,想要为他手上的一个案子"走后门""说好话"。没承想,老王关上门,反而给领导上了一堂生动的法治教育课——人民法院依照法律规定独立行使审判权,不受行政机关、社会团体和个人的干涉!

领导窘得坐立不安,耳朵发烫,没想到踢到了老王这块铁板,最后灰头土脸地离开了。

从此,老王的"铁"便一鸣惊人,名声大噪。县里政法系统上上下下都知道法院里有这么一位铁面无私、不讲人情的"铁法官"。

说老王是"公鸡",是因为老王上班时从不迟到早退,无论严寒酷暑,刮风下雨,每天都是第一个早早到单位。等同事们急匆匆踩着点赶到办公室,老王已经打扫干净办公室卫生,整理好案件材料,准备开庭了。

院长在开大会时,经常拿老王当榜样,批评单位里上班"摸鱼"的年轻人。年轻同事们私下打趣,说工作中的老王就像在领导面前爱表现、好打鸣的公鸡,从未抓到他偷懒耍滑的时候。

最让年轻人感兴趣的是:老王日常生活里非常俭朴,身上总是穿着洁净整齐洗了又洗的旧衣服,一年到头没见过几件鲜亮的。上下班也是骑个小电驴,风雨无阻,住的还是单位里分的老楼房。

每天一下班,老王不是在办公室里加班熬夜写材料,就是一溜烟跑回家做饭。从来不跟年轻人凑热闹出去吃吃喝喝。年轻同事起先还盛情邀过几回,后来连叫也不想叫他了。

年轻同事们想不通,老王生活上一点也不讲究,完全不懂得享受啊。

爱热闹的几个年轻人就得出一个结论——老王就是"抠",一毛不拔。于是老王"铁公鸡"的外号便在年轻人中传开了。

有一天,市里有位记者来单位找老王,结果还没说上几句话,记者就被他礼貌地请出了办公室。

记者也是个实心眼,站在过道里便拉过法院里的年轻人开始采访。这下年轻人可算是逮到吐槽老王的机会,你一言,我一语,把老王外号"铁公鸡"的由来说得头头是道,热火朝天。

记者歪头听着,渐渐皱起了眉头,眼睛里燃烧着愤怒的火焰。

"够了，够了，那你们谁知道王法官的钱都花到哪儿去了。"

说完，记者从包里甩出一叠厚厚的汇款单。年轻人们七手八脚地翻看着——那一张张汇款单上全部写着法院的名字，而收款方就是老王对口扶贫的那个村庄。

老王啊老王，你可是不声不响给单位里的年轻人结结实实地上了一课！

"铁公鸡，铁公鸡，这就是你们口中一毛不拔的'铁公鸡'吗？"

法院里的年轻人眼看如雪花般的汇款单纷纷落下，都低着头，紧紧闭上了嘴。

作者简介

王润东，笔名笈宪辙，山西闻喜县人，积极参加全国各地主题征文，在十八个省荣获奖项。在广东省广州市"七蒂瑞莲"全国征文、河南省法学会全国征文、河南省鲁山县纪委监委"清风杯"全国征文、山西省平定县"七岭山"全国征文等荣获嘉奖。

初 心

讲完上午的最后一节课,我拖着疲惫的身体匆匆走出教学楼,赶往和老友预先约定好的逢春饭店。饭局定在下午三点,李建恒事先告诉我绝对不能迟到。九月的城市依旧散发着灼热的气息,雨后的云层像是翻滚的海洋。经过两个半小时的漫长驾驶,我见到了李建恒。

"哟,张教授,可把您给盼来了。头顶又光了些,是不是当了教授就得'地中海'?"一见面,李建恒就开始调侃我。

"哈哈,现在还是副的呢,李总还是这么幽默。"

在和李建恒轻松的谈话中,我们一起来到事先订好的位置就座。李建恒是我在大学时最要好的朋友,毕业以后他就开始了自己的创业,如今已经是一家驰名省内外的电子商务公司的老总。和李建恒寒暄了一阵以后,他看看表说:"不出我所料,冷浩果然迟到了,现在已经三点十分了。"大学毕业以后我和冷浩就再也没有联系过。我对冷浩既谈不上喜欢也说不上讨厌,他给人的感觉就像他的姓一样，使人感到冷漠，但李建恒处世圆滑的性格使他和冷浩同样成为很要好的朋友，因此这次老同学宴会冷浩也被邀请。其实我觉得李建恒邀请冷浩一个很重要的原因是冷浩目前是市国税局正科级干部。他和冷浩一商一官，不禁让我多想。

"尤其是国税、地税合并了之后，冷浩更是忙得没影。饭局邀请了他多少次都推辞不去，唯独这次破了例，大概听说你这个大教授要来。"

我心里感到有点吃惊，顺势问道："那么，这些年来，老同学对你生意关照不少吧？"

李建恒听了之后摆了摆手，"咱们的老同学不愧姓冷，拒绝人不留一点情面。前年过节给他送了盒茶叶，和我吵得脸都红了，后来我只要一提这事，他就对我说，交的税一分钱都别想少。"话音刚落，冷浩就出现在我们的视野里。毕业以来他变化很小，高高的个子依然精瘦，一身黑色运动衣显示出干练的模样。我连忙起身握手，"冷浩，听建恒说你现在发展得不错，今天咱们难得聚一聚。""真的不好意思，单位临时要加班，我实在抽不开身。"李建恒将头转向我说："市里去年查办的几起特大偷税案中，冷浩就是专案组成员之一。"我想起去年看过的电视新闻，那几起偷税案都是些难啃的硬骨头，有背景错综复杂的大公司，也有声名显赫的演艺圈大人物，有几起案件中还掺杂着公职人员腐败。冷浩腼腆地笑了笑，说："就是尽一点力而已。这几年确实忙，几乎每月都要加班。有一次连续加了一个月的班，回到家女儿差点不认识我了。"这时，服务员将菜一起端了上来。李建恒打开了一瓶酒："知道你们开车来的，公司的代驾现在已经在路上了,大家尽管喝。"冷浩也不推辞,拿起酒盅一饮而尽。于是我们开始了东南西北地聊。

  时间就这样在三个男人的欢声笑语中静静地流淌。我看到建恒的脸上泛起了酡红,冷浩将建恒再次举起的酒杯放下,示意建恒不要再喝。这时我忽然想起学院税法专业几十名学生本学期的实习活动尚无着落,于是告诉了冷浩,请求他帮忙协调,没有想到冷浩爽快地答应了下来。"只要是遵纪守法的有利于学生的事情,我一定会坚定地支持你。"冷浩的话令我感动,我看着他说:"那就拜托你了。"

  之后,我们各自被建恒联系的代驾送回家。三天以后,我接到了冷浩的电话,他告诉我学生实习的事已经解决,学生随时都可以来。冷浩的处事效率令我惊讶。半个月以后,当我带领着几十名学生来到冷浩所在区的税务局服务大厅时,冷浩热情地迎接了我,在与我简短地说了几句话之后,冷浩便投入到了对接实习的工作中去。我看到冷浩满头大汗地跑来跑去指导学生进行业务操作,突然想起大学时期的冷浩。那时他家境并不富裕。很多次我看到他穿着一件打补丁的上衣,然而他并不感到自卑,他只是躲在教室里不断地学习、看书。我似乎明白了冷浩对学生的实习工作如此重视的原因,也许正是学生时代的经历才使他明白了学习对于一个人的重要性。

  在冷浩的支持下,实习工作顺利地结束了,但我对冷浩依然有戒备心。每当在新闻中看到那些两面派官员时,我都会不自觉地想起冷浩,冷浩会不会也是这样?这样的疑惑在我的心中持续了一段时间,直到和冷浩在银行偶遇。

那天我去银行办业务，正好遇到了在办理贷款业务柜台前坐着的冷浩，我疑惑地问："冷浩，这是怎么了？是急需用钱了吗？"冷浩露出尴尬的神情，伴随着紧张与不安。"没错，我母亲检查出肺癌有一段时间了，需要一大笔钱治疗。"冷浩的眼圈有些泛红。我感到很突然，停顿了一会儿，说："为什么不找我们借？""我不喜欢欠着别人的钱。""如果有需要一定提出来。"冷浩点了点头，说："我先走了。要去医院照顾母亲。"我呆呆地站在那里望着冷浩远去的背影，为曾经对冷浩的怀疑感到自责。我想起大学毕业的那天晚上，我们每个人都谈着自己的理想，未来在我们的口中是那样的美好。有的人说要创业当老板，有的人说要当审计师，冷浩在一旁坐着不说话。

"冷浩，你呢？"我问。

"我喜欢这个专业，但我又想通过从政改变点什么。"

"你想改变什么呢？"

"让社会更加公正。"

透过黑暗，我看见冷浩闪闪发亮的眼睛坚定地望着远方。

作者简介

樊衍，山西芮城人。有小说发表于《青年作家》《百花园》。

正是河豚欲上时

放下电话,吴宇一阵窃喜,这真是雪中送炭啊!女儿不用等到明年了,今年就可以出国留学。

六点一到,他立刻抬起屁股,迈着轻快的脚步走出办公室,来到停车场,坐进驾驶位,一个流线型转弯,出了政府大院。

正是仲春时节,天地清明,万物生长,路边的行道树上,初生的叶子未及蒙尘,在阳光下闪烁着欣然洁净的光芒。

路过菜市场,他把车停在路边,走进一家经常光顾的鱼店。

女儿爱吃鱼,妻子擅做鱼,女儿每每吃得摇头晃脑,夸妈妈手艺好,也忘不了给爸爸点个赞。他们相视一笑,笑女儿贪吃,笑女儿简单的快乐。

今天,他要是告诉女儿这个好消息,她一准夸张地"哇"一声,奔过来抱住老爸。这女子,二十多了还跟个小孩子一样,喜怒哀乐无缝切换。他嘴角一咧,摇了摇头,都是给惯的。

这家鱼店坐落在街尾,店面大而干净,店主是一对年轻夫妻,服务周到，却不过分热情，偶尔会推荐一款新鲜好吃又合时令的鱼。

买条鱼。

好嘞，大哥今儿想吃什么鱼？

现在什么鱼最好吃？

鲈鱼，鲫鱼，桂花鱼，都好吃，看您喜欢什么。

这几种都是常吃的，有没有更好吃的。

要说绝对好吃，当然还是河豚。

店主指了指鱼池。几只身体圆圆、萌头呆脑的鱼正缓缓游动着。

这就是河豚？单看这长相，还真想不到，它竟然带着致命的毒素。

店主笑了，那倒是，它长得太有欺骗性了，不过你只要按照我说的方法去处理，一般没问题。

有人自己在家里做吗？

怎么没有，很多人都买回家自己做呢。再说了人工养殖的河豚，不像野生的那么毒。

哦，人工养的？

对。吃你的吧大哥，放心，出不了事的，我都卖出去多少了。

吴宇心一横，那就河豚吧，要想尝美鲜，拼死吃河豚。

拎着一头圆圆鼓鼓的河豚回到家，妻子一脸意外。吴宇轻松道：天下第一美味，我们也尝尝。

妻子接过来，拎到眼前，看了又看，犹犹豫豫拿进厨房，严格按照流程，剪鳍，扒内脏，撕筋膜，挖眼睛，剪嘴唇，去腮，剥皮，然后放在水龙头下，用流水足足冲洗了半个多小时。其间，她双唇紧抿，一言不发，其专注，如临大敌。

一盘红烧河豚端上桌时，吴宇和女儿早饿得前心贴在了后背上。

一家人围着餐桌坐定，拿起筷子，举到半空，你看看我，我瞅瞅你，谁都不敢下手。

吴宁想起一次在宴席上见过做好的河豚，端上桌时，厨师先尝一口，确认没事，客人才动筷子。可是，他能说妻子，你做的，你先尝一下吗？再说，河豚是自己要买的，怎么好意思……

我来尝第一口吧，要是真中毒了，你们赶紧把我送医院。他半开玩笑半认真地说。

妻子一把挡住他的筷子，别动，让我想想整个过程有没有问题。女儿则拿出手机，搜索了一下，一边念，一边跟妈妈确认。末了，三个人一致认为，流程没问题。

可还是不敢完全相信，桌上这一盘据说无比鲜美的河豚，真的是安全的。

要不，我先尝一口吧。妻子说。

还是我尝吧。

我尝吧。

我……

女儿不耐烦了，爸，你啥鱼不能买，干吗非要买一条河豚呢？买回来又不敢吃，还不如买一条随便什么鱼，我这会儿早大快朵颐了，真是的。

他和妻子面面相觑，一时语塞。

要不，干脆倒了吧？不吃了。妻子征询道。

可是贵贵的，花了一百多呢。

要是真中了毒,那就不是一百多的问题了。

别人吃都没事,不会偏偏就我们中毒吧?卖河豚的说,现在都人工养殖,毒素少多了。

据说,全世界每年有五百左右的人死于吃河豚。女儿低头看着手机,宣布道。

妻子站起来,端起盘子,算了,还是倒了吧,不吃这河豚又不少一根汗毛,万一中毒了,太划不来。

就是,就为尝个鲜,把小命搭进去,我看不值得,我再爱吃鱼,也不拿小命开玩笑。女儿说完,拿起筷子,去吃其他的菜,一脸的决绝与不屑。

吴宇有点不甘心,我听人说,河豚肉刚入口时像腴嫩的鸡肉,舌头一抿,又带出一丝妖娆的水汽。他喉头一滚,不舍地望着被妻子端在手里的河豚。

女儿一边吃饭,一边扒拉手机。

"庖煎苟失所,入喉为镆铘。若此丧躯体,何须资齿牙。持问南方人,党护复矜夸。皆言美无度,谁谓死如麻……"

念完最后一句,她直眼看着老爸。

古诗?

对。

谁写的?

北宋,梅尧臣。

吴宇塌眼低头,思索着什么。他忽然站起身,你们先吃,我出去一下。

有什么事不能吃完饭再去吗?

这事等不得。

临出门，他把头探过隔断，那河豚，倒了吧，不吃了。

手把方向盘，吴宇思绪万千。要不是女儿出国留学急需费用，老同学奉上的这笔好处费，我还是能够拒绝的。

他爱女儿，舍不得她受半点委屈。女儿研究生毕业，本以为可以在一线城市找个不错的工作，简历投了一次又一次，但凡好一点的公司，还是更愿意要那些有留学经历的人。看着女儿一天天失望、沮丧，脸上再也没有了往日的意气和笑容，他和妻子忧心如焚，但也只能好言劝慰：明年吧，明年一定能攒够你留学的费用。恰在此时，老同学打来电话，苦苦相求。他最终答应帮忙，同时一再告诫老同学，也告诫自己，就此一回，下不为例。老同学诺诺连声。这一次实属无奈，当真是走投无路了，并赌咒发誓，绝不会有第二次。

可是，这像不像今天这盘河豚……

车子开到政府大院，他快步走进办公大楼，拐进办公室，拿起电话，拨通了老同学的手机。

作者简介

李喜春，山西芮城县人，山西省作家协会会员。作品散见于《山西文学》《河东文学》《古魏文学》及网络平台。

救 赎

黑灰色的大门"哐当"一声响,丰瞬间被惊醒了。他摘下眼镜,揉揉红红的眼睛,擦了堆积在眼角的黄色物质,在心里默念:最后十天了。

大学毕业后,他被分配到县城中学当语文老师,父亲很欣慰儿子能继承他的事业,可以继续站在讲台上。他带的语文课学生们都喜欢听,尤其是作文课,他的学生中有几个都成了名气不小的作家。后来,他被调到法院写材料。他的材料文采飞扬,领导非常喜欢。他青云直上,当上了县人民法院刑事庭庭长。成就感让他沾沾自喜,仕途梦一般虚幻。当初听说他要调到法院工作,父亲第一个站出来反对,但父亲没能阻止他前进的脚步。他穿上法官制服,他坐上了父亲一辈子也没有坐过的北京吉普车。那一年父亲患癌住院,他专车接送,收获了许多赞许和羡慕的目光。

"38号,你老婆又来信了。"是韩管教的声音。

韩管教是丰教过的学生。老师忘记学生很正常,但是学生一定记得老师。那一年他在学校因为小偷小摸面临被开除的危险，身为班主任的丰据理力争，请求学校网开一面。丰和他彻夜长谈。他家境不好，父母离异，随体弱多病的母亲生活。母亲是一家纺织厂的下岗女工，靠摆早市挣钱养活他和妹妹。他说下学期要停学外出打工了，他不忍心看着妈妈受苦。

不是他提醒，丰都忘了，丰垫付了他整个高三的学杂费。让他完成学业并考上了省警察学院。

妻子菊每次来信，先说女儿的近况，然后再唠叨妈妈的事。她说妈妈身体还好，就是年龄大了，车轱辘话反复说，说你小时候是听话的孩子，考试经常得第一名，后来父亲当了校长……

三年来菊的来信有几十封，他都保存着，没事的时候，就翻开读，这些信是慰藉他心灵的良药。菊的钢笔字非常漂亮，他们恋爱期间，她给他写过不少信。现在的信虽然是打印在雪白的纸上，但是他觉得和当初手写的情书一样有温情。

刚进来的时候，丰的心理近乎崩溃。他不配合改造，韩管教多次和他促膝谈心，他的心情才慢慢平静下来，他时常坐在铁窗前发呆。窗外的鸟是自由的，空气是自由的，就连地上的蚂蚁也是自由的，而他却身陷囹圄。走到今天，只能怨自己。

女儿长大了，在菊的娇惯下，功课一落千丈。外婆外公管不了，奶奶提起孙女也唉声叹气。按照目前的学习成绩是无论如何上不了大学的。

"我今天再说最后一次，你是孩子的父亲，让女儿出国留学是唯一的选择，你看着办吧。"菊面无表情，嘴里吐出来的每一个字都像钉子，硬硬地扎在丰心里，他觉得架在脖子上的刀刃正一点点划开他的皮肤。

一个老面孔信誓旦旦地说,这十万块钱权当你借我的。这起诈骗案从犯之一是我小舅子,请你高抬贵手,放他一马,我们全家会感激你一辈子的。

他收起这张银行卡的时候,手一直颤抖,莫名的恐慌让他心脏疯狂地跳动,仿佛就要从喉咙里蹦出来。

丰老师,女儿在国外给你来信了,有女儿真好啊!好好改造,再过几个月你就刑满释放,全家人可以团聚了。人的一生都有犯浑的时候,就像当初我在学校偷东西一样。没有您的教诲,我可能今天和您一样了。小韩感激的话却让丰无地自容。

那天开完庭,他跪别母亲,母亲没有扶他起来,眼睛死死盯着他。她突然甩开臂膀把一记响亮的耳光狠狠地打在他脸上,从小到大,母亲从来没有动过他一个手指头。这一巴掌让他彻底清醒了。

春天到了,监区内的樱花、海棠赶着趟儿开放,蜜蜂们飞过高高的围墙,歪歪扭扭地醉倒在花丛中,细细的雨丝被柔软的风从窗外吹进来,滋润着监区内每一个焦渴的心灵。

明天就要离开这个让他终生难忘的地方了,他一夜无眠。天还没亮就起床开始收拾行李,他一定要和韩管教道个别,说声"感谢",但寻了半天也不见韩管教的身影。

菊一定在大门口张开温暖的怀抱等他。母亲会不会来,他心里没底。三年半了,他忘不了母亲的一巴掌。他摸摸脸,似乎还能感觉到火辣辣的疼。

黑灰色的大门"哐当"一声打开了,春天的气息让他瞬间有醉酒的感觉。辽阔的蓝天让他头晕目眩,强烈的阳光刺着他的眼。他摘下眼镜,抬起头,想把泪水倒回眼眶。

一身便装的韩管教搀扶着蹒跚的母亲站在他面前。母亲的白发已经满头,脸上布满了老年斑。他急步上前抱住母亲放声痛哭。母亲笑着对韩管教说:"我听到我儿子的哭声了,这小子刚生下来哭声就响亮,整个产房区都听到了。"

母亲对他说这几年多亏了韩警官。

"菊和女儿呢?"丰问。

"疫情影响,你女儿出国就没有回来过,嫂子从学校辞职后也不知道去向。"

"怎么可能,他们给我写了那么多信!"丰瞪大了眼睛。

韩管教迟疑了一会儿说:"对不起,丰老师,为了配合你改造,那些信都是我写的。"

作者简介

赵光华,山西省永济市人。中国自然资源作家协会会员,2021年度驻会作家。山西省作家协会会员,中国地质大学(北京)首届驻校作家,山西省永济市文艺评论家协会主席、作家协会副主席。

赎 罪

一

炎热的夏日,西郊医院内一片忙乱。急诊大厅里躺着一位老太太,她被送来时已无生命体征。值班医生确认老太太已死亡,立即通知了院长李一诺。

"老太太姓吕,今年已经八十高龄。据其子称,是在医院门诊做检查后返回家途中,不慎跌倒引发的颅内出血。"医生向李院长汇报情况。

李一诺皱起了眉头,西郊医院这几年医疗事故不断,他才刚上任半年院长,压力十分沉重。

"我老娘平日身体很好的,怎么进了你们医院的大门人就没了?你这是医院还是鬼门关啊?"一名肤色黝黑的中年男子怒视着李一诺并撕扯着喉咙喊着。

医院保安和家属拥挤在小小的院长办公室里,暑热掺杂着哭喊声和劝阻声……李一诺手捧着吕老太的病历资料，看到"吕方柯"三个字，一时间仿佛被施了定咒一样。他连忙查找吕老太的家庭住址，当看到"城北巷二十三号院"时，整个人就像被大锤砸到了脑门，沉痛的心情令他呆坐在办公桌前许久。

待缓过神来，李一诺这才僵硬地说："我一定会给你们一个交代，先回去吧。"

二

李一诺出生在风沙肆虐的北方小山村，原本注定一生是要与风沙和牛羊为伴了，多亏了希望小学的建立，李一诺凭借勤奋好学一步步考取了大名鼎鼎的医科大学。

穷困潦倒的李家父母并没有能力供他读大学，是村里的党支部通过网络爱心平台，联系了大学所在地的一户知识分子家庭资助他读大学。从那时起，李一诺每个月都会收到"城北巷二十三号院"寄来的生活费和信件。他清清楚楚地记着，寄信人名叫"吕方柯"。李一诺一直想要去拜访这位恩人，但都被谢绝了。他万万没想到，等到自己有能力报恩的时候，恩人却以这种方式在自己的眼皮底下死去。

吕老太的意外，让李一诺的世界天旋地转。

三

"院长您必须给个说法！"吕老太太的孙女吕晨怒不可遏地

质问李一诺。

李一诺低着头，有些哽咽："非常抱歉，我们会查明原因，给家属一个满意的说法。"

"查原因？已经造成病人死亡，道歉有什么用！"吕晨激动地站起，把桌上的东西一股脑推到了地上，"我告诉你，要么你赔偿三百万，要么我就把这事闹大！"

李一诺答应尽快赔偿。目送吕晨愤怒离去的背影，他重重地叹了口气。

作为院长，李一诺明白自己有责任彻查原因，于是他重新看了吕老太太的检查报告。

"怎么回事？报告显示身体有明显异常，本应建议进一步检查，为何医生会判断为健康？"李一诺一眼就看出了问题所在。

显然，是医生错误解读了检查报告，导致吕老太太的病情被漏诊。

"院长，这个新的仪器经常出现分析错误，我们之前都向厂家反映过。"主治医生缩着脖子喃喃道。

李一诺麻木地点点头，真相已经了然。半年前，他听信厂家的推销，大量采购这一型号仪器，想一举改善医院的硬件条件，同时他也收到了"好处"。可这些高价仪器却质量不行，使用中常出问题。这次事故的根源，恐怕就在于这批问题仪器。

四

面对吕老太家属的赔偿要求，李一诺左右为难。医院的账面资金根本无法支付如此巨额赔款。

就在这时,仪器厂家的销售代表刘正来了。

"老刘啊,救我一命!"李一诺几近哀求地看着刘正,"我需要三百万赔偿吕家,你看能不能帮我垫付一下?"

"三百万不是小数目啊。"刘正狡黠一笑,"不过,只要院长您今后继续在药品采购中支持我们,这都不是问题。"

李一诺紧锁双眉,缓慢地拿起笔在合作协议上签了字,甚至连翻看一下都懒得去做了。

自此,医院的药品采购完全被刘正所在的药企控制。药价暴涨,医生们处方开得越发复杂。病人负担大增,开始向有关部门和媒体投诉医院的收费乱象。李一诺却无心应对这些,他把全部心思都放在了如何规避医疗纠纷上。

从前热爱医疗事业的李院长变了,变得无能且麻木,对医院的管理不再上心。他更加肆无忌惮地收取回扣,收受贿赂,甚至包庇失职的医生。对李一诺而言,已经用钱摆平了恩人的医疗事故,此后便也用金钱摆平一切吧。

他全然忘记了,患者的生命健康才是最重要的。

五

"爸,你不能再这么下去了!"李院长的儿子李丁山焦急地劝说。

李丁山是市检察院的一名年轻检察官。他早就听闻父亲所在的西郊医院乱象丛生,一直在琢磨该如何让父亲悬崖勒马。

"儿子,当院长守不住医德,爸已经没有回头路了!"李一诺红着眼睛,声音哽咽。

李丁山握住父亲的手说:"在我心里您不是这样的。以前,您跟我说过,要用自己的双手拯救更多的生命,您是我心目中的英雄。"

李一诺沉默了,他知道儿子是对的。当初投身医学,是为了拯救生命,获得尊重。可这些年风雨飘摇,他已经偏离了初心。

"走吧爸,跟我去自首,不能继续错下去了。再这样下去,我怕我再也没有爸爸了。"李丁山哽咽道。

深陷泥潭的李一诺终于重拾勇气,点了点头。他决定接受法律制裁,为那些逝去的生命赎罪……

作者简介

秦焕苗,中国散文学会会员,山西省作家协会会员,临汾市作家协会会员,尧都区作家协会党支部书记。

瑞 雪

火车停靠在一个北方小站，他望着飞雪笼罩的街道，把黄色帆布包往肩上拢了一把，走出车站。

出租车载他到宏宇小区门前。地址是他让女儿找来的，心里默念几遍，准没错。他毫不费力地找到十二号楼。这是一栋没有电梯的六层楼，扶手冰凉，像一双陌生的手。他踢掉鞋子上的雪，挺起老腰，一步一步慢慢往上爬，最后站在一扇暗红色防盗门前。

他抚摸一下贴了几张"牛皮癣"的墙体，掏出地址又核对一遍。长途奔波的疲倦袭来，他举起手臂叩响房门。

门开了一条缝，露出一个女人沧桑的脸。女人用手把着门，身子堵在门缝发愣。两个人对峙两分钟，女主人先松开了手。

房间不大，客厅通阳台。雪在窗外飘飞，映照得地板和家具亮晶晶的。他脱下发潮的羽绒服，换了鞋子，把黄色帆布包放在沙发边的地板上，自己挨着坐下。

她站在茶几前面不知所措，去卫生间拿了一条干毛巾。

"北方的雪天真冷,但是美得很。"他舔舔嘴唇,接过毛巾一下一下擦头发。在干燥的暖气房,他浑身的关节一点点松弛下来。

她不说话,转身去了厨房,他连忙紧跟着走进去。厨房不足十平方米,仅容两个人转身。她用开水烫了瓷碗,倒掉里面的水,在玻璃小罐舀了三勺炒熟的五仁油茶,又冲了一碗开水,加了一勺炒芝麻,搅成糊状,一股浓香飘逸出来。

他欣喜地捧着碗,弯腰碎步,款款放在客厅的茶几上,埋下花白的头急不可待喝了一勺。她独自走到窗前,背对身后的一切。落在窗台的雪花顷刻间融化,像陈年往事留下的一坨湿湿的印子。

那年也是个冬天。她正在家织毛衣,一个胖女人敲开了门,手里捧着一个纸箱。胖女人溢出一脸笑容,打开纸箱,是一堆大小形状不等的红瓶瓶。胖女人说是她老公的高中同学,给同学的夫人带一套化妆品保养保养,里面有使用说明书。

胖女人走后,她马上将纸箱收起来,发现自己连个像样的化妆柜都没有,便把这些红瓶瓶放在床头柜准备试用。

他开会到九点,回家连鞋子都顾不得换,就倒在床上。眼前闪过一道红光,他看见床头柜上一堆耀眼的瓶瓶,问她是什么。她说,是他的同学刚送的,一个好胖的女同学。

他一下就坐起来,走到她跟前,抓起一瓶看着上面的英文,平和的脸色变得山峦迭起。"知道这是什么吗?香港买回来的高档化妆品。你马上给她送回去。"

"有病啊!这么黑的天。化妆品又不是金银财宝。"她脱口而出。

"你马上送回去。"他的手臂划过一个弧线,直直地指向门口。

"我不去！要去你自己去。"她赌气坐在床头，头扭到一边。

他在纸上写下一串电话号码，把红瓶瓶和纸条统统放进纸箱，摔进她的怀里，拽她到了门口，打开了门，说："我说过好多次，不要接受别人的东西，谁接受谁送回去。"

"我明天送不行吗？"她火了。

"不行！今天必须给我送出去！"他站在那里，一双怒目瞪着她，声音刀子般凌厉。

西北风刮得天昏地暗，沙尘打在脸上鞭子抽一样。她抱着纸箱子，站在街边等了好久才等到一辆出租车。电话打过去，胖女人死活不肯说自家地址，且很快就挂了。她一遍一遍拨打，直到半夜才找到胖女人的家。放下纸箱，她的手脚已经冻得麻木了。走在街上，她一遍一遍擦眼泪。

当年大学毕业的她跟他到了千里之外的南方。她说：我不怕苦，也不怕穷，就怕受你的气。他看着月亮发誓：我保证一辈子不会对你发脾气。

他们租住在大杂院，连一口碗大的破锅都没有，一双筷一把勺过日子。她舍不得吃，省点钱给他和孩子补身体。他也信守诺言，哄着她宠着她，从不红脸。她成天素面朝天，一瓶大宝用了半年也快完了。

就因为别人送她一套化妆品，他的脸就黑了，恶魔一样把东西摔在她身上，数九寒天让她千辛万苦把东西送回去。坐在街边的亭子里，西北风围着她嗷嗷号叫，她的身心寒冷无比。她要回老家，跟这个无情无义的男人斩断关系。

她回到北方小城，凭会计专业兼职两份工作。父母去世后，她买了一栋两居室,过起丰衣足食、自由自在的独身生活。

"再来一碗。"他把空碗递过去,"我好久都没用油茶暖胃了。"

她的心猛地一震,接过碗去厨房又冲了一碗,多加了一勺芝麻。房间里空旷宁静,他喝油茶的声音格外响亮。"你身体还好吗?"

"就那样。你的胃炎犯过吗?"她的声音比雪花还轻。

他的脸色渐渐红润,一丝满足和喜悦浮在脸上。他从帆布包取出一只盒子,拆开外包装,是七八只大小高低不等的红瓶瓶。

"当年是我不好。这个送给你,花了半个多月的工资。"

"我老了,也不需要了。"她理了一下头发,几根白发跳出来。

"老了才要保养。我现在退休了,工资花不完。只要你喜欢,用完我再给你买。"他看着她的皱纹在眼角紧密排列,头发闪着丝丝缕缕银光。

"我有工资。你把自己照顾好就行。"她平静地说。

他取出一堆红瓶瓶,一一摆在化妆柜上,拧开一小瓶闻闻:"确实是高档货。当年,我那位胖女同学想让她老公升个科长……不管咋样,是我对你的承诺食言了……还有油茶吗?"

"不多了。下一次来,我多做一点油茶带给你。"

窗外的雪一片一片纷飞,柔柔地,轻轻地,给大地扑上一层晶莹洁白的底色,田野山川像化了妆一样。

作者简介

古琴,原名李淑琴,山西省作家协会会员。短篇小说《南无》入选山西作家脱贫攻坚题材作品集《父亲和我的时代》,并获临汾市第九届精神文明建设"五个一工程"优秀作品奖。《杨镇长喝汤》获全国廉政主题微小说大赛三等奖。

朝牌饼

方上进最近很郁闷，都是办公楼前新出的一个烤朝牌饼早点摊闹的。

烤朝牌饼早点摊老板是位满头花白的方姓老头，给他打下手的是位老奶奶，也是一头银发。看两人配合默契，不需要多问，定是相濡以沫多年的老两口子。每天上班的人老远就能闻到弥漫在空气中特有的香味。一个个烤得金黄又点缀着黑芝麻的朝牌饼，瞅着就让人口水直流，吃到嘴里更是酥脆鲜美。一块朝牌饼两元，一袋豆浆一元，价格便宜。快节奏的现代生活，早饭人们都懒得在家做，特别是年轻人，图的就是方便快捷。这老方头的生意能不火爆吗？

烤朝牌饼摊点生意越好，方上进心里就越不是滋味。

这天早上，他站在办公室三楼透过窗户往外看，朝牌饼早点摊围了一圈又一圈的人。老方头紫铜色的脸庞在炉火映照下更显光亮，或贴或夹，他两手不停地从案板到烤炉来回切换。一旁的老奶奶一边收钱一边还要随时做老方头安排的零碎活，俩人忙得不亦乐乎。

方上进思索片刻，叫来办公室吴主任，要求把朝牌饼早点摊撵走。

吴主任一脸为难地说：方局长，门口接连三四家摆摊个体户，单撵老方头说不过去，况且这摆摊设点由城管负责，不归我们管啊！

吴主任暗自寻思，如果我把老方头撵走，局里那帮吃惯了朝牌饼的家伙还不拿唾沫星子淹死我？

方上进生气地挥挥手说：那你就把他们都撵走。

吴主任于是硬着头皮来到老方头摊点说：方老哥能不能把摊点向那边移动一下？

老方头一脸茫然说：碍你事了吗？

没，没。吴主任连忙摆手。

那我不走。老方头埋头继续烤朝牌饼，余光瞥向三楼窗口，嘴里嘟囔一句：小子，想撵我，没门！

第二天，方上进因事起了个大早。赶到办公楼时，朝牌饼早点摊还没有一个顾客。

站住，是你小子安排人撵我走的？老方头拦住了匆忙路过的方上进。

是的，一大把年龄不在家享福，非要出来摆摊。方上进停住脚步，皱起眉头，望了望满脸皱纹的老方头两口子答道。

就见方老头一梗脖，撸起袖子说：咋啦，给你丢脸了？我这年纪，火炉和这些家伙什没请人帮忙，自己弄过来摆个摊，既锻炼身体，生活又不枯燥。

方上进上下仔细打量眼前的老方头，确实看不出是个已经七十出头的老人，说话声音洪亮，腿脚麻溜，露出来胳膊上肌肉疙瘩比自己都强。

停顿了一下，老方头板着脸继续说：看看你，还不到四十岁的人，肥头大耳，大腹便便，走路都让人觉得困难，难为情不难为情？

我、我这是天天工作忙应酬，缺少运动，又没贪又没违法乱纪。方上进急了，结结巴巴小声说。他边说边左顾右盼好像怕人瞧见似的。这时的街道上只有几个穿着黄马甲的环卫工人在扫马路。

老方头嘿嘿笑了两声，说：随着职务的上升，人会膨胀的，我就是来监督你小子不要滑到邪路上去。你放心，在你眼皮底下摆摊，我不会让人知道你是我儿子的。

瞧瞧。老方头拿出一个刚出炉的朝牌饼，连珠炮似的说："我一辈子做朝牌饼，养活了一大家子人，每一分钱都赚得干净。这朝牌饼就是为了纪念我们祖上明初的大忠臣方孝孺的。当年方孝孺才华横溢，朱元璋驾崩之时，命他当皇孙惠帝朱允炆的老师。他无疑是最忠心最敬业的老师，皇子皇孙犯了错，他就拿着笏板打他们，后来人们为了纪念方孝孺赤胆忠心，就用面做成笏板的形状，以警示为官者要清廉。"

老方头又说："你现在是单位一把手，位置很重要，名利诱惑多了，你得干干净净做事、清清白白做人。爸妈还能自己照顾自己，不需要你负担。我们不怕劳累，重新拾起烤朝牌生意并在你办公室前摆摊，就是为了时刻提醒你为官要清廉。"

方上进眼眶一热，说："爸，你们能不能搬到我那里住，我好照顾你们，早上出摊子我方便帮忙，也让我把这身赘肉清理清理。"

作者简介

杜文虎，江苏省宿迁市作家协会会员，作品在《浙江小小说》《泥香》《小小说大世界》《湖畔》《大运河文学》《楚苑》《宿迁日报》《毕节日报》等发表，偶有获奖。